AF198043

Gewidmet zwei ganz besonderen Männern in meinem Leben:

Meinem Vater und meinem Mann.

Danke für eure Unterstützung!

Bernadette Reiskopf

Die dunkle Seite des Eisbären

© 2015 Bernadette Reiskopf
3. veränderte Auflage 2019

Herausgeberin und Autorin: Bernadette Reiskopf
Umschlaggestaltung, Illustration: Bernadette Reiskopf
Titelbild Eisbär: Copyright © bokononist/fotalia.com

Verlag: Tredition GmbH, Halenreie 40-44, 22359 Hamburg

ISBN:

9978-3-7482-4722-7(Paperback)
978-3-7482-4723-4(Hardcover)
978-3-7482-4724-1(e-Book)

Inhaltsverzeichnis

Kapitel 1

Die Nachricht auf dem Anrufbeantworter der Redaktion war wirklich seltsam gewesen. Eine Männerstimme herrschte: »Wollen Sie die Wahrheit über die momentane Kälte wissen? Falls ja dann kommen Sie morgen um fünf Uhr am Nachmittag zu der folgenden Adresse: Schiesterstraße 38. Aber nur eine Person, ich habe nicht mehr viel Kaffee.«

Der Chefredakteur hielt es eigentlich für einen Streich. Nachdem die Stories derzeit aber sowieso eher rar waren, beschloss er dann doch, jemanden hinzuschicken. Und sie war nun einmal die Neue.

Sophia hatte erst vor einigen Wochen bei dem kleinen Lokalblatt zu arbeiten begonnen. Journalistin zu sein war ihr absoluter Traumberuf, aber trotz allem eigentlich nur ein Standbein neben ihrer eigentlichen Leidenschaft, dem Schreiben. Nichtsdestotrotz war es endlich mal eine sichere Anstellung und Geld konnte sie schließlich immer gut brauchen. Sie mochte den Job, sie mochte den Freiraum, das Entdecken, auch wenn ihr dadurch wenig Zeit für ihr eigenes Privatleben blieb. Im Grunde traf sich aber selbst das ganz gut, da die 38-Jährige sowieso ein zutiefst überzeugter Single war. Vor allen Dingen aber mochte sie ihren Chef Frank-Xavier und das war ja nun wirklich eine Seltenheit. Der etwas dickbäuchige Mittfünfziger mit der beginnenden Glatze, die er sorgsam mit geschicktem Styling zu kaschieren versuchte, hatte eine immense Erfahrung, das merkte man sofort. Seine Mutter kam aus dem französischen Teil Kanadas, während sein Vater gebürtiger Österreicher war. Auf diese Weise kam es schließlich zu diesem doch recht ungewöhnlichen Doppelnamen, so hatte er selbst es zumindest einmal in gemütlicher Runde erzählt. Es war einfach interessant mit ihm zusammenzuarbeiten, von ihm zu lernen. Frank-Xavier war ein eher dominanter Typ. Irgendwie erinnerte er Sophia immer ein klein wenig an einen alten Ranchbesitzer aus dem wilden Westen weshalb sie ihn insgeheim häufig „Big Boss" nannte. Solange man ihm aber das Gefühl ließ, stets die Oberhand zu haben, war er ausgesprochen pflegeleicht. Kurz gesagt: Sophia war soweit wirklich zufrieden mit ihrem Job. Was sie zurzeit aber ganz besonders reizte, war diese neue Artikelreihe über lokale Firmengründungen, die ihr Blatt gerade plante. Es war eine ziemlich große Sache, die bereits im Vorfeld einiges an Interesse erregt hatte. Dementsprechend setzte die ehrgeizige Journalistin alles daran, auch tatsächlich federführend an der Story beteiligt zu sein. Schließlich konnte es gerade in diesem hart umkämpften Metier wohl kaum schaden, wenn der eigene Name ein wenig bekannter würde.

Eigentlich war Sophia daher gerade vollauf damit beschäftigt, sich die Unternehmen für die geplante Artikelserie näher durchzusehen. Frank-Xavier hatte ihr und zwei ihrer Kollegen nämlich bereits eine Liste mit möglichen Kandidaten gegeben und wer auch immer diese nun zu seiner Zufriedenheit ergänzte, der hatte die Story und durfte seinen Namen daruntersetzen. Allerdings hatte er dabei bereits drei Fixstarter grün angestrichen, was die weitere Auswahl aufgrund der vorgegebenen Anzahl von maximal drei bis fünf Unternehmen natürlich massiv einschränkte. Aber es gab noch ein weiteres Problem und zwar war es schier unglaublich, wie viele verschiedene Neugründungen es allein in diesem Jahr bereits gegeben hatte. Hier die richtige Auswahl zu treffen erwies sich als weitaus schwieriger als Sophia anfangs vermutet hatte. Daher hatte sie nun erst einmal damit begonnen, sich die Firmen, die Frank-Xavier bereits ausgewählt hatte, etwas genauer anzusehen. Vielleicht war ja eine Art Muster erkennbar und die Auswahl der restlichen Neugründer würde damit leichter werden. Sie stand noch ziemlich am Anfang.

Gerade hatte sie also den Internetauftritt einer kleinen Firma für Gärtnereibedarf und Kühlanlagen durchgeklickt, als das fordernde »Sophia, Sie haben ja eh Zeit, oder? Schauen Sie bitte einmal bei dem Spinner von heute Morgen vorbei, geht das?«, ihres Chefs den großen Raum mit den vielen Schreibtischen und Computern durchquerte. Sie zögerte kurz und dachte kurz an ihre Karrierepläne.

Leider hatte aber auch das seinen Preis und der war in ihrem Fall eben vermutlich, auch solchen unbeliebten Anrufen nachzugehen. Also rief sie, als sie denn auserkoren wurde ein möglichst motiviert klingendes: »Aber ja, klasse, mach ich schon. Ich mache nur noch die Recherche fertig, an der ich gerade dran bin!«, in die Runde, obwohl ihr der Auftrag eigentlich gerade so gar nicht ins Konzept passte.

Aber immerhin hatte Frank-Xavier ihre Zusage damit belohnt, dass er, kaum dass sie zugesagt hatte, nachsetzte: »Ach ja und wenn Sie sowieso schon in der Gegend sind, könnten Sie eigentlich auch gleich die erste Firma besuchen. Sie wissen schon, diese Werbeagentur meine ich.«

»Mach´ ich Chef!« Dieser Auftrag gefiel ihr schon deutlich besser. Zwar hatte sie diese Firma noch überhaupt nicht im Internet vorrecherchiert, aber dann ging sie eben unvorbereitet hin und improvisierte. Hauptsache sie hatte das erste Interview dieser wichtigen Serie.

»Aber vor den beiden machen Sie eh noch das Interview mit dem, ach wie heißt er nochmal, Sie wissen schon, der eine Typ der seit kurzem im Stadtrat sitzt.«

»Jap, weiß schon. Ich kümmere mich darum.« Das würde wohl wieder ein etwas längerer Tag werden. Und das bei dem ungemütlichen Schneematschwetter. Aber wenigstens gut für die Karriere, dachte sie zufrieden bei sich.

»Und vergessen Sie bloß nicht, alles aufzunehmen und vor allen Dingen nachher etwas zu posten. Unsere Leser wollen schließlich wissen was sich so tut bei uns«, rief Big Boss ihr nach, doch da hatte Sophia schon längst das Büro verlassen.

Das Interview mit einem äußerst langweiligen aber dafür umso arroganteren Lokalpolitiker war Gott sei Dank schneller erledigt als gedacht. So kam es, dass die Neugierde Sophia bereits am frühen Nachmittag vor dem Eingang der Werbeagentur eintreffen ließ.

Kritisch musterte sie das elegante, hellgraue Haus mit dem raffiniert gestalteten Firmenschild. Die Fassade des Hauses schien gerade erst frisch renoviert worden zu sein und dass satte Hellgrau wurde durch die in schlichtem Weiß hervorgehobenen Stuckarbeiten optimal ergänzt. Abgerundet wurde der Eindruck durch ein Glasschild, das links neben der ebenfalls weißen Haustüre mit zwei großen, diagonal angeordneten, goldfarbenen Schrauben befestigt war. Auf dem Schild war in geschwungenen, ebenfalls goldenen Lettern auf schwarzem Hintergrund der Name der Werbeagentur zu lesen. Daneben räkelte sich gemütlich vor weißem Hintergrund ein sitzender Eisbär, der seine Betrachter über die rechte Schulter hinweg anblickte. Das Logo hatte etwas Faszinierendes, etwas Zukunftsweisendes.

Während Sophia noch das Schild betrachtete und nach möglichen Zusammenhängen mit dem Firmennamen »Agentur Sommer« suchte, öffnete sich plötzlich die weiße Eingangstür und ein sympathischer Mann mittleren Alters lächelte sie freundlich an.

»Kann ich Ihnen helfen?«, fragte eine ungewöhnlich samtige Stimme und vollführte dabei eine einladende, etwas linkisch anmutende Bewegung mit seiner rechten Hand.

Sophia musterte ihn kritisch. Er trug eine schwarze Jeans und ein weißes Hemd, dessen Ärmel er hochgekrempelt hatte, wodurch der Blick unwillkürlich auf seine ungewöhnlich stark behaarten Unterarme gelenkt wurde.

»Ehrm, nein danke, das heißt doch eigentlich schon, irgendwie«, stammelte Sophia perplex. »Ich bin Journalistin und interessiere mich für Ihre Firma. Sie sind eine Werbeagentur, ist das richtig?«

»Ja, mein Name ist Dr. Reinhold Uthentahl und ich bin hier der Geschäftsführer. Möchten Sie vielleicht einen Sprung hereinkommen, dann erzähle ich Ihnen gerne mehr über mein Unternehmen. Publicity kann man schließlich immer brauchen«, lachte er sichtlich erfreut über die ungeplante mediale Aufmerksamkeit. »Ich habe zwar in einer Viertelstunde einen Termin, aber einen Moment hätte ich durchaus Zeit für Sie. Was meinen Sie?«

»Eh, ja, danke, gerne sehr nett.« Wie peinlich, der Typ muss mich ja für den letzten Deppen halten, dachte Sophia und seufzte. Aber irgendwie hatte er sie gerade echt überrumpelt.

Wenig später saß Sophia in Dr. Uthenthals Büro. »Ich darf Ihnen doch aus der Jacke helfen?«, hatte er sie galant gefragt und ihr dann höflich einen Sessel angeboten. Ein Mann von Welt. Oder zumindest gab er sich reichlich Mühe, so zu wirken. Sie mochte Männer mit Manieren. Erst jetzt kam sie dazu, sich etwas näher umzusehen. Der ganze Raum war, passend zum Äußeren des Hauses, in hellen Pastellfarben gehalten wobei aber klar ein helles Grün das Bild dominierte. Auf dem Fensterbrett residierte eine Orchidee, die offensichtlich schon länger kein Wasser mehr aus der Nähe gesehen hatte. Auf der rechten Seite des Raums blubberte als Kontrast dazu ein Wasserspender gelangweilt vor sich hin. Dr. Uthenthals stahlgrauer Schreibtisch war penibel sortiert, die Stifte lagen in Reih und Glied und auch sonst hatte alles seinen sorgsam zugewiesenen Platz. Über der Rückenlehne seines klassisch schwarzen Bürosessels thronte leger ein dunkelgrauer Blazer mit dem Etikett eines bekannten Herrenausstatters. Auch nicht gerade billig, stellte Sophia nun doch etwas beeindruckt fest. Hinter dem Schreibtisch hing stolz ein staatliches Diplom an der ebenfalls hellgrün gestrichenen Wand welches verriet, dass ihr Gegenüber wohl ein Psychologe war. Rechts und links davon bestätigten weitere Schreiben eine absolvierte NLP Ausbildung, eine Zulassung als Coach und eine Ehrenmitgliedschaft in irgendeiner Vereinigung.

Dr. Uthenthal lächelte sie freundlich und zugleich auffordernd an. Sophia lächelte zurück. Was sollte sie jetzt nur sagen? Wäre es vielleicht doch klüger gewesen, sich als eine potenzielle Kundin auszugeben, um an authentische Informationen zu gelangen? Aber was, wenn er dann Kontaktdaten gewollt hätte? Nun war es jetzt sowieso bereits entschieden. Aber wenn die Auswahl der vorgestellten Unternehmen vielleicht doch noch nicht ganz abgeschlossen war? Sophia nahm sich fest vor, von Anfang an die Unverbindlichkeit des Interviews zu betonen.

»Nun ja es ist so, mein Name ist Sophia Aloavera, ja fast wie die Pflanze, ich weiß witzig«, sie lächelte kurz, »und ich bin Journalistin bei »Das schnellere Blatt« «, eröffnete sie betont fröhlich scherzend das Gespräch. »Ich überlege gerade, einen Bericht über neue, innovative Firmen und deren Werbestrategien zu schreiben und da bin ich im Internet auf Ihr Unternehmen gestoßen. Hätten Sie Interesse, mir ein wenig über Ihr Konzept zu erzählen? Und dürfte ich das Gespräch aufnehmen?«, fragte sie, deutete mit einem Nicken auf ihr Diktafon und lächelte möglichst charmant. »Nur damit auch nichts verloren geht«, ergänzte sie möglichst beruhigend. Perfekt, dachte sie bei sich, damit bleibt das Ganze schön unverbindlich und wenn ich noch weitere Informationen brauche kann ich jederzeit anknüpfen. Somit halte ich mir alle Optionen offen.

Er nickte und sie drückte den Aufnahmeknopf. »Sie sind also einverstanden mit der Aufnahme? Sagen Sie bitte laut und deutlich ja. Nur aus rechtlichen Gründen.«

»Ja.«

»Sie sind Psychologe?«, ergänzte sie rasch.

Dr. Uthentahl sah sie zunächst verwundert an. Dann richtete er sich leicht auf, drehte sich um und sah zu der Wand hinter sich. Entspannt lächelnd lehnte er sich zurück und verschränkte seine Arme. »Ah, Sie haben das Diplom entdeckt. Ja, das bin ich. Ich habe an der Universität Innsbruck studiert. Promoviert habe ich über Medienpsychologie, genauer gesagt über Anwendungsmöglichkeiten der Medienpsychologie im Bereich des Marketings.«

»Sie meinen Manipulation?«, fragte die erfahrene Journalistin herausfordernd. Mal sehen, ob er sich ein wenig aus der Reserve locken ließ. Schließlich sollte das Endergebnis durchaus auch ein wenig Pepp abbekommen.

»Wenn Sie das so nennen wollen«, antwortete er gelassen.

»Und was ist es, was Sie hier genau machen? Ich meine was unterscheidet Sie von den vielen anderen Webeagenturen in unserer hübschen Stadt?« Sie öffnete auffordernd ihre aufgestützten, verschränkten Hände.

Arrogant lehnte er den Kopf zurück. »Die Methode. Sehen Sie, es ist so – normalerweise versucht Werbung, dem potenziellen Kunden das Produkt schmackhaft zu machen, ein bestimmtes Bedürfnis in ihm zu wecken. Doch was wäre, wenn man schon viel früher ansetzen könnte. Wenn man bereits lange vorher an den Betreffenden herankommen würde. Wenn er gar nicht erst überzeugt werden muss, weil er das jeweilige Produkt schon will, lange bevor er überhaupt das erste Mal davon hört. Wenn er sich danach sehnt, es begehrt – und es dann auf einmal wie zufällig in sein Leben tritt.« Betont langsam beugte er sich zu ihr, stützte seine Ellenbogen auf den Tisch und öffnete nun demonstrativ ebenfalls die Hände, während er sie gleichzeitig hypnotisierend fixierte. »Was meinen Sie, würde so jemand nicht alles, und ich meine wirklich alles, dafür geben nur um diese EINE Sache endlich zu bekommen, um endlich, endlich Frieden zu finden? Und zwar vollkommen egal was es kostet, vollkommen egal ob er es überhaupt benötigt. DAS meine Liebe, ist wahres Marketing, wahre Kunstfertigkeit, MEINE Kunstfertigkeit. Und das, genau das unterscheidet mich von all den Dilettanten da draußen.« Triumphierend hob er die Augenbrauen.

Sophia stockte der Atem. »Aber das ist doch unmöglich, ich meine wie in aller Welt soll so etwas den funktionieren? Sagen Sie bloß, Sie arbeiten schon damit?«

»Nun, sagen wir so, es ist alles noch im Aufbau aber durchaus bereits ausgereift und betriebsbereit. Derzeit wird das theoretische Konzept dahinter zwar noch redigiert aber die Testphase läuft bereits.«

Sophia überlegte angestrengt. »Also ist das dann so etwas wie diese ganzen Apps wo man mittels bestimmter Frequenzen seine Konzentration steigern können soll oder auch besser meditieren und so weiter? Oder wie genau funktioniert das?«

»Tut mir leid, aber das ist mein Geheimnis. Darüber rede ich nicht. Noch nicht. Sie verstehen sicher.« Der Psychologe widmete ihr ein verbindliches, entschuldigendes, gekünstelt wirkendes, knappes Lächeln.

»Was es alles gibt«, dachte die Journalistin bei sich und schüttelte insgeheim den Kopf. Ein leiser Schauder kämpfte sich ihren Rücken hinunter und bahnte sich seinen Weg. »Haben Sie denn gar keine ethischen Bedenken dabei? Überhaupt nicht?«, fragte Sophia ungläubig mit einem leicht schockierten Unterton.

»Nein, ich meine warum sollte ich auch. Sehen Sie, ich mache ja schließlich nur meinen Job. Und wenn ich ihn nicht mache, dann macht ihn eben jemand anderer. Ist ja wohl wirklich nicht mein Problem.« Der Psychologe zuckte demonstrativ mit den Schultern. »Und außerdem: Sehen Sie es einmal so: Die Leute bekommen ja letztendlich sowieso das, was sie so sehr wollen. Und Manipulation gab es schließlich schon immer und wird es vermutlich auch immer geben. Das ist übrigens auch die Bedeutung unseres Logos, des Eisbären.« Nicht ohne einen gewissen Stolz holte er einen niedlichen kleinen Stoffbären mit großen, schwarz umrandeten Knopfaugen und einer schräg sitzenden, roten Zipfelmütze hervor und hielt ihn Sophia entgegen.

»Möchten Sie übrigens einen Eierlikör? Ich habe einen ausgezeichneten, es würde mich freuen, Ihnen ein Glas davon zu kredenzen«, fragte ihr Gastgeber fürsorglich, während er sorgsam den Plüscheisbären vor Sophias Augen hin und her wiegte.«

»Nein danke, ich mag keinen Eierlikör. Aber sehr nett. Hm, hätten Sie vielleicht auch ein Glas Wasser für mich?«

»Nein, leider nicht. Nur Eierlikör.« Erneut reichte er Sophia den kleinen Bären.

Vorsichtig nahm diese das flauschige Bündel entgegen. Die Augen des Bären blitzten silbern während sie das Licht reflektierten. »Der Eisbär bringt Klarheit. Stärke. Kontrolle. Vor allen Dingen Kontrolle.«

Sophia rollte skeptisch mit den Augen. »Und wie genau funktioniert das? Ich meine, das ist ja schließlich eine unglaubliche Leistung, das heißt natürlich nur, sofern es auch tatsächlich funktioniert. So etwas verdient Publicity.« So schnell gab sie nicht auf und das Strahlen in seinen Augen als sie sich als Journalistin vorgestellt hatte war ihr schließlich auch nicht entgangen.

Dr. Uthenthal lächelte und hob stolz sein Kinn. Hatte er den Köder geschluckt? Sie hatte Pech. »Nun, ich bin mir sicher, Sie werden dennoch Verständnis dafür haben, dass ich darüber nichts sagen kann, schließlich handelt es sich um ein Betriebsgeheimnis.«

»Natürlich.« beteuerte Sophia beschwichtigend. So ein Mist aber auch. Das wäre die Sensation geworden. »Aber ist Ihre Vorgehensweise oder ihr Produkt oder was auch immer es genau ist … Ist es denn überhaupt schon fertig ausgereift?« fragte sie betont sarkastisch. Vielleicht lockte ihn das aus der Reserve.

»Natürlich ist es das, was denken Sie denn. Wir wissen schon was wir tun. Wir wissen was wir tun.« Die Ungeduld des Psychologen war nicht zu überhören. Sein Lächeln war verschwunden und seine Stimme wurde lauter: »Was denken Sie überhaupt? Und abgesehen davon: Überlegen Sie einmal, was man damit alles erreichen könnte. Man könnte den Konsumenten gesündere Lebensmittel schmackhaft machen, den Menschen ihre absolut irrationalen und inkohärenten Ängste vor neuen Technologien nehmen. Man könnte sie zum Frieden erziehen, zur Toleranz. Ist Ihnen eigentlich schon einmal aufgefallen, wie unhöflich, ach was sage ich, wie unfreundlich diese unsere Welt mittlerweile geworden ist? Und vor allen Dingen wie beängstigend? Diese Technik wird die Welt verbessern, sie endlich einmal voranbringen. Da gibt es keine Risiken oder Nachteile. Die meisten Menschen brauchen nun einmal Führung, sie suchen regelrecht danach. Und sie brauchen Kontrolle. Sie glauben mir nicht, Sie wollen einen Beweis? Nun dann sehen Sie sich doch nur als Beispiel einmal die ganzen diktatorischen Regime da draußen an.« Theatralisch schwenkte er den Arm in Richtung Fenster. »Oder die ganzen Modetrends. Oder die Umweltverschmutzung und die qualvolle Tierhaltung, die ganzen Flüchtlingsdramen, die Kriege, religiöse Fanatiker. Oder diverse Hetzkampagnen. Zugegeben, wir machen nichts anderes, aber wir machen es überlegter, ausgeklügelter und vor allen Dingen verantwortungsbewusster. Die meisten Menschen wollen in Wahrheit doch gar keine Verantwortung für ihr Leben übernehmen. Jeder einzelne von ihnen könnte etwas dagegen tun, dagegen angehen, doch tut das kaum jemand und die wenigen die es doch tun versinken in der Masse und ihr Bemühen hat, wenn überhaupt nur minimale Erfolge. Und warum? Weil die Leute wie gesagt Führung suchen und einfach auch nicht aus der Reihe tanzen wollen, denn das ist unter Umständen auch ganz schön unbequem. Genau deswegen funktionieren ja so viele schlimme Dinge überhaupt erst, so erst setzen sie sich durch und werden zu Traditionen, Gesetzen, Werten oder Dogmatiken. Nun gut, so zu agieren ist ja aber auch das gute Recht der Menschen und Adaptierung ist nun einmal auch bis zu einem gewissen Grad aus soziologischen Gründen nötig für ein funktionierendes Miteinander. Ebenso wie es Organisation und Steuerung braucht. Aber wenn Menschen nun einmal so funktionieren und Führung suchen dann geben wir ihnen eben was sie wollen und nehmen das Zepter in die Hand. Wenn die Menschen da draußen schon nicht wissen oder nicht entscheiden wollen, was gut für sie ist, nun auch gut, WIR wissen es.«

»Wer ist wir?«, unterbrach Sophia sein Plädoyer. Vergebens.

»Und nun haben wir endlich auch die Mittel, um es ihnen auch absolut idiotensicher klarzumachen, sie vor denen zu retten, die sie in irgendwelche ungesunden Lebensweisen oder überteuerte Spontankäufe treiben wollen oder noch schlimmer, sie für menschenverachtende Ideologien begeistern nur damit sie sich dann irgendwann schlussendlich von selbst als billige Waffen zur Verfügung stellen. Sie denken, ich sei ein schlichter Manipulator? Weit gefehlt: Ich bin ein wahrer Philanthrop.« Seine leidenschaftliche Überzeugung ließ seine Stimme vor Aufregung zittern.

»Überhaupt: WENN jemand das tatsächlich nicht will, dann kann er ja noch immer aus, dann kann er sich ja durchaus schützen. Es liegt also nicht NUR in meiner oder unserer Verantwortung. Die Menschen müssen eben endlich lernen, sich selbst und ihr Tun zu hinterfragen, lernen selbst zu entscheiden. Aber das wollen sie ja nicht. Zumindest die Mehrheit.« Entrüstet schüttelte er den Kopf, stand von seinem Schreibtisch auf und öffnete die Tür. »Und nun gehen Sie, ich habe zu tun. Überhaupt habe ich schon viel zu viel gesagt, viel mehr als ich eigentlich sagen wollte. Sie werden es schon noch verstehen eines Tages. Vielleicht auch schon sehr bald. Wie auch immer, auf Wiedersehen. Vorsicht, es ist glatt vor dem Haus.«

Sophia raffte ihre Sachen zusammen und verabschiedete sich leicht verwirrt von dem nun wieder betont freundlich wirkenden Psychologen. Ein seltsames Gespräch, resümierte sie verwundert.

Als Sophia wieder in ihr Auto gestiegen war, startete sie erst einmal ihr Smartphone und öffnete den Blog der Zeitung. »Das erste Interview unserer demnächst erscheinenden Serie über neu gegründete, hippe Firmen ist fertig und es war« - was war nur das passende Wort dafür? Genau - »wirklich ungewöhnlich aber auch äußerst vielversprechend. Noch darf ich nicht viel verraten, aber es wird wirklich spannend und garantiert eine große Überraschung, also bleibt online!«, postete sie. Zusätzlich lud sie das Posting auch gleich bei diversen anderen bekannten Social Media Plattformen hoch, fügte noch schnell ein Selfie von sich im Auto hinzu und grinste bei der Vorstellung, wie ihre Konkurrenten in der Redaktion wohl auf diesen Post reagieren würden. Und Frank-Xavier legte wirklich wahnsinnig viel Wert darauf, dass möglichst viel gepostet wurde. Nicht nur über die Projekte der Zeitung selbst, auch sämtliche Mitarbeiter wurden diesbezüglich immer wieder aufs Neue angehalten. Jeder Mensch hat so seine, ihm ganz eigenen, Marotten und diese war eindeutig die seine. »Wir sind eine weltoffene Zeitung und haben auch nicht das Geringste zu verbergen!«, pflegte er mit einer betont tiefen Stimme zu sagen während er dabei, wohl um die Wirkung des Gesagten noch zusätzlich zu betonen, seine Augenbrauen entschlossen hochzog. Jede Diskussion mit ihm über dieses Thema war zwecklos. Doch in diesem Fall kam diese Regel der Journalistin durchaus gelegen. Denn mit diesem Posting war es offiziell: Sie hatte den ersten Wettlauf gewonnen. Nun war sie im Spiel.

Nichtsdestotrotz nutzte sie die verbleibende Zeit bis zu ihrem nächsten Termin damit, noch ein wenig Konkurrenzanalyse zu betreiben und in Ruhe einige Zeitungen durchzublättern. Dann suchte sie in ihren E-Mails nach der Adresse ihres nächsten Auftrags und hörte sich noch einmal das File mit der Aufnahme des Anrufbeantworters an. Die Uhr auf ihrem Armaturenbrett zeigte viertel vor fünf. Sie musste sich beeilen. Sophia startete den Motor ihres Wagens und fuhr los.

Kapitel 2

Während sie brav ihrem Navi gehorchend die Straße entlangfuhr, dachte Sophia darüber nach, was sie wohl an ihrem Zielort erwartete. Als sie das erste Mal von dem mysteriösen Anruf erfahren hatte, war sie zunächst einmal ebenso verwundert gewesen wie ihr Big Boss. Und dennoch war sie gleich auch ein wenig neugierig geworden. Irgendwie hatte das Ganze doch auch einen Hauch von Abenteuer. Vor allem aber war es eine willkommene Abwechslung zu all den langweiligen Geschichten, die sie bisher immer so abbekommen hatte.

Kurz vor siebzehn Uhr erreichte sie die genannte Adresse. Es handelte sich offensichtlich nicht gerade um die beste Wohngegend, alles sah irgendwie verfallen und müde aus. Eine Straßenlaterne flackerte verloren vor sich hin und tauchte ihr Stück der Straße in ein unruhiges Licht. Vorsichtig sah Sophia sich genauer um. Einige Autos parkten verloren am Straßenrand. Als sie auf der Suche nach der Hausnummer nähertrat, konnte sie einen Mann erkennen, der an einer Felge herumhantierte und dabei misstrauisch zu ihr hochblickte. Kaum als sie aber seinen Blick aufgefangen hatte, widmete er sich wieder hektisch seiner

Beschäftigung. Mehrere Graffitis zierten die abgebröckelten Fassaden.

Sie passierte Nummer 34 und schließlich hatte sie die Nummer 36 erreicht. Das nächste Haus musste es also sein. Neugierig blieb sie stehen und betrachtete es näher. Zum Glück funktionierte die nächste Straßenlaterne. Das braun gestrichene Haus, welches die Journalistin dort erwartete, sah so aus als hätte es, so wie der Rest der Gegend, seine besten Tage schon vor langer Zeit hinter sich gelassen. Hinter einer lose im Zaun hängenden halboffenen Gartentür ruhte ein ausgedünnter Rasen mit einem verblassten Gartenzwerg. Dazu passend versuchte ein einsamer Strauch hartnäckig, sich mit seinen langen dürren Ästen einen Weg auf die morsch aussehende Terrasse zu bahnen. Der perfekte Schauplatz für einen Thriller, dachte sie unwillkürlich. Nun spürte sie doch langsam eine gewisse Anspannung. Was würde sie da drin wohl erwarten? Ob es wirklich eine gute Idee gewesen war, allein zu kommen? Wie auch immer, Big Boss zählte auf sie. Jetzt musste sie sich beweisen. Nun war die Gelegenheit, ihre Gelegenheit.

Entschlossen schob sie ihre Gedanken beiseite, atmete tief durch, richtete ihre Mütze und klopfte an.

Ein älterer Herr mit fülligen, schwarzen Haaren öffnete die Türe einen winzigen Spalt und spähte hindurch. Er trug einen ockerfarbenen Pullover, eine abgetragene dunkle Wollhose und dazu Alt-Männer Hausschuhe. Sophia musterte ihn kritisch.

»Sie wünschen?«, herrschte er sie unfreundlich an.

»Ich bin von der Zeitung »Das schnellere Blatt«. Mein Name ist Sophia Aloavera«, antwortete sie und bemühte sich dabei möglichst selbstbewusst zu klingen. Der Schlapfenträger sah sie unbeeindruckt an.

»Sie hatten angerufen«, ergänzte sie sichtlich genervt. Nicht schon wieder irgend so ein Spinner, dachte sie bei sich.

»Ach ja richtig, genau, kommen Sie herein. Ich hoffe doch Sie sind auch wirklich allein«, murmelte er und öffnete die Türe. Zögerlich trat Sophia ein.

Kaum war sie drin, drängte er an ihr vorbei, sah hektisch auf die Straße und schloss die Türe schließlich mit mehreren Schlössern hinter ihnen ab. Sophia beobachtete ihn nervös. Das ungute Gefühl wurde zunehmend stärker. Die Journalistin straffte die Schultern und versuchte, sich einen ersten Überblick zu verschaffen. Alles sah irgendwie so unglaublich heruntergekommen und verwahrlost aus. Auf dem Sofa lag ein dunkelbrauner Blazer aus Schnürlsamt. Es müffelte seltsam.

»Wo kann ich mich hinsetzen?«, fragte sie mit möglichst lauter, entschlossener Stimme, während sie versuchte, ihre Unsicherheit zu verbergen.

»Hier«, antwortete er teilnahmslos und deutete mit dem Kopf zu einem abgewohnten Tisch. Um diesen herum standen mehrere durcheinandergewürfelte Sessel, die irgendwie viel zu groß für den Tisch erschienen.

Die Journalistin setzte sich.

»Kaffee mit Schlag?«, fragte der Alte kühl und deutete gelangweilt auf eine rote Plastikschüssel mit steif geschlagenem Schlagobers. Jetzt erst bemerkte sie, dass er bereits zwei Tassen mit dazu passenden Desserttellern hingestellt hatte. Untertassen gab es keine. Dafür war alles, selbst die Plastikschüssel, in demselben kitschigen Design gehalten. Von überall lachte ihr ein kleiner, im tiefen Schnee spielender Eisbär entgegen. Was für ein witziger Zufall, dachte sie bei sich. Dazu hatte der Künstler eine blau-grün gestreifte Weihnachtskugel dazu gemalt. Umringt wurde das Bild durch zwei übertrieben wirkende Mistelzweige, was dem Dekor noch zusätzlichen Kitsch verlieh. Oje, ist das vielleicht hässlich, stellte Sophia angewidert für sich fest. Aber naja, Geschmäcker waren nun einmal verschieden.

»Nein danke. Außerdem mag ich keinen Schlag«, antwortete sie im selben Tonfall. Außerdem hatte sie absolut keine Lust, vielleicht mit irgendetwas betäubt zu werden. »Wie heißen Sie?«, fragte sie schließlich und packte ihr Memogerät aus.

»Das geht sie nicht das Geringste an. Und außerdem will ich keine Aufnahmen. Keine Aufnahmen haben Sie das verstanden.«

Sophia seufzte hörbar. „Geht nicht anders.", antwortete sie und drückte den Aufnahmeknopf. Dann drehte sie ungeduldig ihre rechte Handfläche nach oben. »Und? Was ist jetzt die große Story?«, fragte sie mittlerweile sichtlich genervt.

»Es liegt an den Eisbären.« Langsam fühlte sich Sophia verfolgt.

»An den Eisbären, verstehe. An diesen hier?«, deutete sie provokant auf das Kaffeeservice.

»Nein, natürlich nicht am Geschirr sondern eben an den Eisbären. Sie wissen schon, groß, fellig, weiß, stehen auf Kälte. Na, klingelt es endlich oder soll ich Ihnen etwa ein Bild malen?«

Sie ignorierte den Einwurf.

»Wofür? Und was bitte ist der Grund dafür? Etwa zu wenig Lebensraum?«, fragte Sophia spöttisch, nicht sicher ob sie die Antwort überhaupt wissen wollte. Was war der Typ? Etwa irgend so ein Ökoaktivist?

»Der Grund liegt doch auf der Hand«, antwortete der Alte mit einem leicht verächtlichen Unterton während er damit begann, seinen Blazer zu bearbeiten. Die Journalistin beobachtete nachdenklich, wie er mit liebevollen, kleinen Kreisen mit einem Tuch über den Stoff seines dunklen, verschlissenen Mantels strich. Als läge das Schicksal der ganzen Welt in diesem einem Stück Schnürlsamt. Diese behutsame Genauigkeit die in seiner Bewegung lag.

Er schien wohl ihren Blick bemerkt zu haben denn auf einmal sah er zu ihr hoch und kommentierte diesen mit einem verschmitzten Lachen. »Nur ein alter Kittel, aber ich mag ihn«, und deutete mit seinem Kinn in Richtung Mantel. »Aber zurück zum Thema. Überlegen Sie doch einmal, wer hätte wohl Interesse daran, dass es plötzlich so viel kälter wird? Genau: Eisbären, oder besser gesagt die weiße Brigade. So nennen sie sich nämlich.«

»Und die verursachen die momentane Kälte, weil ihnen sonst zu warm ist, oder wie?«

»Nicht, weil ihnen zu warm ist, nein wegen der Fische«, erklärte er ihr aufgeregt.

»Wegen der Fische?«, antwortete die Journalistin ungläubig.

»Ja genau, weil ... Sehen sie, es ist doch so. Wovon ernähren sich Eisbären?«

»Fische.«

»Ganz genau, Fische. Und die müssen natürlich laufend gekühlt werden, also hat die weiße Brigade eines Tages beschlossen die gesamte Welt quasi einzufrieren.«

»Lassen Sie mich raten - um der Klimaerwärmung entgegenzutreten«, unterbrach sie ihn schnippisch. Und wieder einmal meine Zeit verschwendet nur um irgend so einem Verrückten zuzuhören, dachte sie, während sie langsam einen gewissen Hauch von Wut und Frustration in sich aufsteigen fühlte.

Er ignorierte ihren giftigen Blick und sprach nun eindringlicher. »Nur so glauben sie sicherstellen zu können, dass die Fischvorräte niemals untergehen.« Dann sah er sich vorsichtig um, rückte näher an die Journalistin heran und flüsterte ungeduldig: »Sie müssen schon ein wenig mitdenken und zwischen den Zeilen lesen, Herrgott. Hat man Ihnen denn gar nichts beigebracht in Ihrer Journalistenausbildung? Aber - Ah, jetzt verstehe ich, in Ordnung, spielen Sie einfach weiter mit.«

Sophia beschloss diesen augenscheinlichen Anflug von Wahnsinn zu ignorieren und fragte weiter: »Und deswegen ist es also so kalt in der Antarktis?«

»Also bitte, Eisbären leben doch in der Arktis, nicht in der Antarktis. Moment, das war eine Falle, richtig? Ein Test. Aber nicht mit mir. Nein, sie wollen die gesamte Welt. Das ist es ja. Das ist der Grund warum ich sie angerufen habe. Damit Sie die Verschwörung publik machen. Glauben sie mir ... sie haben es schon sehr oft versucht, alle paar Monate fangen sie wieder damit an.«

Sophia stutze. »Alle paar Monate? Moment. Meinen Sie etwa den Winter?«

»Genau, so nennen wir es, aber das ist nur die halbe Wahrheit. Sie wollen, dass wir das glauben, aber es ist nicht so.«

»Ok, das war´s. Ich gehe jetzt. Danke für das Interview und noch alles Gute weiterhin«, sagte sie, stoppte die Aufnahme und nahm ihren Mantel von dem alten Sofa, während sie sich hektisch der Tür zuwandte. Wieder so ein Spinner, dachte sie genervt.

»Glauben Sie mir doch, es ist die Wahrheit«, flehentlich griff er nach ihrem Arm.

Sophia drehte sich wieder zu ihm, während er sie verzweifelt ansah. All die Verschmitztheit war aus seinem Gesicht verschwunden. Die Härte in seinem

Gesicht erschreckte sie. Irgendwie tat er ihr leid. Behutsam griff sie nach seiner Hand auf ihrem Arm und führte ihn langsam zu dem kleinen Tisch mit den viel zu großen Stühlen. »Aber das ist nicht real«, erklärte sie vorsichtig während sie sich wieder setzten. »Hören Sie, sie müssen doch zugeben, dass ... Wie heißen Sie denn überhaupt?«

Der Mann presste nervös die Lippen zusammen. »Das ... das tut nichts zur Sache. Und außerdem: Namen sind Schall und Rauch. Sagt man doch so, oder nicht?«

Sie seufzte. »Dann eben nicht.« Nach einer kurzen Pause ergänzte sie: »Woher haben Sie diese Informationen denn überhaupt?«

»Woher ich sie habe, nun ... von einem Computer. Ich habe vor einigen Jahren eine alte Festplatte geschenkt bekommen und da waren noch Daten drauf.«

Sophia neigte sich zurück und atmete tief durch. »Und das ist vermutlich auch schon die Erklärung. Irgendjemand hat sich als Schriftsteller versucht und Sie haben, wie auch immer, die Geschichte in die Hände bekommen. Aber das bedeutet doch noch lange nicht, dass das Ganze auch wirklich real ist.« Sie wartete einen Moment.

»Die Eisbären sind nicht für den Winter verantwortlich, sondern das ist einfach das Wetter. Und der Winter ist eine der Jahreszeiten, so wie auch der Sommer oder der Frühling oder auch der Herbst«, ergänzte sie sanft. Irgendwie tat er ihr langsam aber sicher leid.

Der alte Mann sah sie nachdenklich an. Dann richtete er sich ruckartig auf. »Aber das heißt - Nein das glaube ich nicht, es gibt so viele Beweise ... es ist nicht nur irgendeine Geschichte. Es ist Realität. Schauen Sie, ich habe Beweise, kommen Sie mit.« Aufgeregt dirigierte er sie zu einem alten Schrank, in dem mehrere Kisten und Schuhschachteln standen.

»Außerdem weiß ich natürlich, dass der Winter eine Jahreszeit ist, ich bin ja kein Idiot. Ich dachte nur, das wäre wieder eine ihrer vielen Fallen, irgendeine Art von Code und da wollte ich nicht aus der Rolle fallen, verstehen Sie. Aber Sie wissen ja selbst wie das ist. Man kann niemandem wirklich trauen.«

»Ich bitte Sie, das ist doch lächerlich«, sagte Sophia und folgte zögerlich, ohne selbst zu verstehen warum sie eigentlich überhaupt noch blieb. Aber irgendetwas hatte dieser alte Mann einfach trotz allem an sich.

Er öffnete vorsichtig eine der Schachteln und förderte einen USB-Stick zu Tage. Die Journalistin musterte ihn kritisch. Der Stick sah eigentlich aus wie alle anderen USB-Sticks auch, nur war er etwas schmaler und länglicher als üblich. Darauf erkennbar war ein kleiner Eisbär, dessen dunkle Konturen sich sanft von dem silberfarbenen Hintergrund abhoben. Sophia betrachtete ihn nachdenklich. Woher kannte sie das Motiv nur? Auf einmal fiel es ihr ein: Es war dasselbe Motiv wie auf dem Schild der Werbeagentur. Doch nicht nur das, es war auch dasselbe Logo wie auf der Homepage der Firma für Gärtnereibedarf. Das konnte doch unmöglich ein Zufall sein.

Der alte Mann beobachtete sie neugierig. »Sehen Sie«, durchbrach ihr Gastgeber die Stille. »Das beweist es doch. Das zeigt doch, dass etwas dran ist.«

»Was ist auf dem Stick?«

»Das weiß ich nicht«, winkte er hektisch ab. »Und selbst wenn, Sie glauben mir ja sowieso nicht, also was soll's.«

»Wie? Haben Sie die Dateien etwa noch gar nicht angesehen?«

»Doch natürlich. Aber da war nur eine Ansammlung von seltsamen, wirren Zeichen, vermutlich ein Geheimcode. Und jetzt lassen wir das Thema.« Seine Hand wanderte in Richtung USB-Stick.

Sophia hob ihre Augenbrauen an. Dann überlegte sie: »Haben Sie schon mit einem anderen Programm versucht, die Datei zu entschlüsseln, vielleicht mit irgendwas aus dem Internet?«

»Nein, nein und das wäre sowieso zwecklos, sie wissen ja …«

»Jaja ich weiß, die weiße Brigade.«

»Genau.«

Sophia überlegte. »Aber eines verstehe ich nicht. Sie sagten doch vorhin es war ein Computer, von wo sie die Information hatten.«

Der Herr sah sie fragend an.

»Die Festplatte?«, erinnerte ihn Sophia ungeduldig.

»Was? Ach so. Ja, nein, also genaugenommen gab es keine Festplatte. Es gibt nur diesen Stick. Sie wissen ja, man muss vorsichtig sein. Man … .«

»Man kann niemandem trauen, ich weiß«, vollendete Sophia seinen Satz. Plötzlich kam ihr eine Idee.

»Kann ich ihn haben?«

»Was?«

»Na den USB-Stick.«

»Nein, lieber nicht. Wer weiß, was auf diesem File drauf ist. Diese eine Datei könnte eine Büchse der Pandora sein. Es ist besser sie nicht zu öffnen, glauben sie mir«, beschwichtigte er sie nervös, während er den Stick schnell wieder in die Schachtel zurücklegen wollte, ihn aber aus irgendeinem unerfindlichen Grund danebenlegte. Gerade als er wieder den Deckel aufsetzen wollte, wurde er jäh von Sophia unterbrochen.

»Und es ist nur eine einzige Datei? Mehr ist nicht auf diesem Stick?«

»Nein, das ist alles. Nur eine einzige Datei. Aber die hat es in sich. Glauben sie mir, junge Frau, es ist besser, wenn sie Ihre Finger davon lassen. Vergessen Sie das alles, ich habe schon viel zu viel gesagt.«

Hektisch sah er sich um und bewegte seine Hand in Richtung des Datenspeichers.

»Aber woher wollen Sie das wissen, wenn sie die Datei noch nie gesehen haben. Hören Sie, ich verspreche Ihnen, ich werde wirklich äußerst vorsichtig damit umgehen. Sie bekommen den Stick auch garantiert wieder zurück, was meinen Sie? Und außerdem: Gerade wenn Sie vermuten, dass es etwas Gefährliches ist, gerade dann ist es doch eigentlich Ihre Verpflichtung, etwas dagegen zu tun. Es an die Öffentlichkeit zu bringen ist dabei doch immer der erste Schritt. Und ich als Journalistin kann Ihnen dabei helfen. Was meinen Sie? Kommen Sie schon, sie können mir wirklich absolut vertrauen.« Sophia öffnete die Hand und streckte sie ihrem Gastgeber entgegen. Dabei nickte sie ihm aufmunternd zu.

»Ich vertraue niemandem«, entgegnete er mit einem unüberhörbar kühlen Unterton.

»Nein, hey, nein«, beschwichtigte Sophia den aufgeregten Mann. »Hören Sie mal, wie heißen Sie nochmal?«

»Das geht Sie nichts an.«

»Ach kommen Sie, ich wette, sie heißen … «, angestrengt versuchte sie, sich einen Namen einfallen zu lassen, der zum Alter Ihres Gegenübers, er war etwa Mitte sechzig, passte. » Ihr Name lautet Karl, nicht wahr? Ich nenne sie ab jetzt einfach Karl. Was halten sie davon?« Hektisch lächelnd fasste sie ihn am Handgelenk und führte ihn wieder Richtung Tisch, während sie mit ihrem Rücken den Schrank verdeckte. Sie musste diesen Stick haben, und zwar um jeden Preis. »Wie sieht es aus Karl, machen Sie mir vielleicht doch einen Kaffee. Ich meine nach diesen ganzen Informationen könnte ich jetzt echt eine Tasse brauchen. Was sagen Sie, machen wir es uns ein wenig gemütlich.« Schnell fasste sie mit ihrer Hand hinter sich und tastete nach dem Stick. Dummerweise erwischte sie stattdessen aber ausgerechnet den Kartondeckel, der auch prompt vom Regal segelte und mit einem lauten Krachen auf den alten Holzdielen aufschlug.

Der Alte drehte sich aufgebracht zu ihr um: »Was machen Sie da? Ich habe Ihnen doch gesagt, dass ich nicht mehr will. Gehen Sie jetzt, verlassen Sie mein Haus«, herrschte er sie lautstark an und drängte sie in Richtung Ausgang. Auf einmal schien er um Jahrzehnte jünger geworden zu sein, aus dem gebeugten, schlurfenden Alten war ein vor Kraft strotzender, aufrecht stehender Mann geworden.

Sie hob den Deckel auf, legte ihn zurück und säuselte: »Aber Karl, ich ...«

»Nichts da und mein Name ist nicht Karl. Und jetzt gehen Sie. Ich habe schon viel zu viel erzählt. GEHEN SIE!«, brüllte er sie an und drängte sie dabei weiterhin in Richtung Ausgang.

Sophia sah ihn scharf an, straffte ihre Schultern und herrschte zurück: »SIE haben schließlich MICH angerufen!«

»Mag sein, aber jetzt habe ich es mir eben anders überlegt. Sie sind nicht die Richtige. Ich habe mich geirrt.«

»Was meinen Sie damit, Sie haben sich geirrt? Worin? Bei Ihrer Theorie oder etwa in mir?«

»In Ihnen. In allem. Und jetzt gehen sie. SOFORT!«

»Aber ich bitte Sie, Sie wollen sich doch nicht wirklich die Gelegenheit entgehen lassen, Ihre Geschichte zu erzählen, ich meine das ist doch ...«

»Das interessiert mich nicht«, unterbrach er sichtlich aufgebracht die Journalistin. »Verlassen Sie jetzt auf der Stelle mein Haus, sonst alarmiere ich die Polizei.«

Sophia legte den Kopf zurück und bedachte ihr Gegenüber mit einem triumphierenden Blick. Dann rückte sie näher zu ihm hin und entgegnete betont ruhig: »Nicht nötig.« Ein kurzes Lächeln streifte ihre dunkelbraunen Augen. »Bis die Tage.«

Der Türrahmen wackelte als der alte Mann laut schimpfend hinter ihr die Tür ins Schloss warf.

Sophia aber richtete ihren Mantel. Zum zweiten Mal an einem Tag wo rausgeflogen. Langsam mache ich mich richtig beliebt, dachte sie amüsiert bei sich. Dann ging sie zufrieden pfeifend ihrer Wege. Sie hatte was sie wollte.

Kapitel 3

Als Sophia zuhause ankam stolperte sie erst einmal über ihre Katze. Der Heimweg hatte einfach ewig gedauert. Zuerst war sie im Stau gestanden und dann hatte sie sich auch noch verfahren, weil ihr blödes Navi ausgefallen war. Dann hatte sie auch noch den Postkastenschlüssel nicht gleich gefunden. Aber egal, jetzt war sie ja endlich zuhause angekommen. Hektisch zog Sophia ihren Mantel und ihre Schuhe aus und legte die Prospekte auf den Herd. Dann fasste die Journalistin in ihre hintere Hosentasche und holte aufgeregt den USB-Stick heraus. Ein zufriedenes Lächeln umspielte ihre Lippen, als sie daran dachte, wie sie unbemerkt von dem Alten erst den Deckel der Schachtel über den Stick gelegt hatte. Danach verwickelte sie ihren Informanten weiter in ein Gespräch und schob währenddessen behutsam solange den Deckelrand weiter nach vorne, bis der Stick schließlich in ihre Hand geplumpst war. So ein Pech aber auch, dachte sie schmunzelnd als sie sich daran erinnerte.

Es war vielleicht nicht ganz fair gewesen, das gab sie schon zu. Aber immerhin hatte sie dem Alten eine faire Chance gegeben. Außerdem ging es hier um etwas Wichtiges, etwas Großes, etwas, dass dieser arme Irre mit seinen Theorien über Kälte und Fische sowieso nicht erfassen konnte. Also war es durchaus legitim, nein geradezu ihre Pflicht sich dieser Angelegenheit gebührend anzunehmen. Und außerdem konnte sie es jetzt sowieso nicht mehr rückgängig machen, dachte die Journalistin bei sich und wischte erst einmal ihr schlechtes Gewissen beiseite. Nun gab es Wichtigeres zu tun.

Interessiert betrachtete sie das Logo auf dem USB-Stick genauer. Es handelte sich erneut um die Umrisse eines kleinen, niedlich aussehenden Eisbären, der wohl gerade Anstalten machte, seiner Wege zu gehen und sich dabei noch einmal zu seinem Betrachter umdrehte. Die Konturen des Eisbären waren wie bei dem Firmenschild der Werbeagentur in einem dunklen Farbton gehalten. Die Augen des Eisbären waren weit geöffnet, erschienen innen ein wenig heller und erinnerten irgendwie an das Stofftier aus der Agentur des schrägen Psychologen. Zu schade, dass sie es nicht mitgenommen hatte. Sophia presste verärgert die Lippen zusammen. Aber gut, auch das ließ sich jetzt nicht mehr ändern. Behutsam drehte sie den USB-Stick zur Seite. Vielleicht gab es ja noch etwas Ungewöhnliches an den Seitenrändern? Es entstand der Eindruck, als würden die durchdringenden Augen des Tieres den Betrachter verfolgen. Augenblicklich fiel ihr ein, dass die großen Maler angeblich häufig ein Auge eines Portraitierten exakt in der Mitte ihres Gemäldes platzierten und so eben diesen Effekt erzeugten. Vermutlich war das hier auch so eine Sache. Sie maß mit der Seite ihres Daumens nach. Tatsächlich. Es stimmte.

Aber wie auch immer. Nun wollte sie endlich wissen was eigentlich genau auf diesem kleinen schwarzen Speicherwunder deponiert war. Und wenn es die ganze Nacht dauern sollte, irgendwie würde sie diese Datei schon knacken.

Leider hatte ihre Katze, die auf den für eine Katze eher ungewöhnlichen Namen Maus hörte, aber wohl etwas dagegen einzuwenden. Diese hatte nämlich schon sehnsüchtig auf sie gewartet und verlangte nun entschlossen nach Futter und nach Schmuseeinheiten. Sophia gab sich zwangsläufig und leise seufzend geschlagen und kraulte die Katze, während sie mit der anderen Hand das Futter zurechtrichtete. Wenigstens konnte in der Zwischenzeit schon mal ihren Laptop hochfahren. Doch leider hatte sie erneut die Rechnung ohne Maus gemacht. Kaum hatte sie sich zu ihrem Computer gesetzt legte sich die Katze auf die Tastatur und schnurrte ihr auffordernd zu. Oje, das kann jetzt dauern, dachte ihr Frauchen und schaltete erst einmal den Fernseher an. Es lief die x-te Wiederholung irgendeiner alten Serie. Ungeduldig streichelte sie Maus, während sie gleichzeitig ihr weiches Fell vorsichtig zur Seite schob, um wenigstens schon einmal ihr Passwort einzugeben. Und tatsächlich, es klappte. Maus ließ sich erweichen, räumte das Feld, legte sich neben sie und beobachtete sie nun interessiert und sichtlich gespannt. Sophia musste schmunzeln. Was für eine niedliche Katze Maus doch eigentlich war.

Jetzt konnte es aber endlich losgehen. Vorsichtig, beinahe andächtig schob sie den kleinen silberfarbenen Stick mit dem dunklen Eisbärenaufdruck in die USB-Buchse ihres Notebooks. Maus pfauchte und sträubte ihr Fell. Dann lief sie schnell davon. Umso besser, wenigstens hatte sie jetzt endlich Ruhe. Ihr Zeigefinger zitterte vor Aufregung, als sie in der Taskleise das Hauptmenü anklickte und die Laufwerke ihres PCs aufrief. Und tatsächlich da war er: Lokaler Datenträger (E:).

Irgendetwas war seltsam an diesem Stick. Eine unheilvolle Vorahnung beschlich die eigentlich sonst so rationale Journalistin. Und dennoch: Das war der Moment. Ihr Moment. Wenn sie die Datei nun öffnete, würde das alles verändern, das fühlte sie genau. Dieser eine Moment war der entscheidende Beginn von etwas ganz Großem, einem Abenteuer, dem Hauch des Unbekannten. Alles war bereit und doch zögerte sie. Sie versuchte zu erfassen, was genau der Grund für ihr Zögern war.

Als Speichergröße wurde ein Terabyte ausgewiesen. Bis zu diesem Zeitpunkt hatte sie noch gar nicht gewusst, dass es so etwas überhaupt gab. Eine schnelle Internetrecherche ergab einen doch recht stolzen Preis. Als belegter Speicher wurden aber nur 612 Bytes angezeigt. Das ergab alles keinen Sinn. Wozu verwendete jemand einen derart großen Datenträger für eine so kleine Datei? Vielleicht sollte darauf ja viel mehr gespeichert werden und er oder sie kam nicht mehr dazu? Aber was, wenn vielleicht ein Virus auf dem Stick war? Oder ein Trojaner? Irgendeines dieser seltsamen Programme von denen man immer wieder in den Medien hörte. Die konnten ja so ziemlich alles anstellen. Und überhaupt, der verschrobene Alte hatte schon sehr verängstigt gewirkt, beinahe panisch. Was wenn er doch recht hatte, was wenn die Datei auf diesem Stick gefährlich war?

Wie auch immer, das Risiko war es jedenfalls nicht wert. Kurz entschlossen stellte sie den Rechner beiseite.

Just in diesem Moment plärrte jemand im Fernseher: »Sei nicht so feig, man muss auch etwas riskieren. Chancen auf Abenteuer gibt es nur sehr wenige im Leben.«

Das gibt es doch gar nicht. Was für ein schräger Zufall, dachte Sophia und grinste. Irgendwie hatte sie Durst. Ob sie im Kühlschrank wohl noch eine Dose von dieser tollen Zitronenlimonade aus Kanada hatte? Tatsächlich, sie hatte Glück. Sie öffnete die Dose.

»Zufall? Lächerlich. Das ist kein Zufall. Und jetzt nutze die Chance. Nutze die Chance und erkenne die Wahrheit«, hämte die Figur im Fernseher spöttisch.

Sophia prustete und die Limonade sprühte quer durchs Zimmer. »Was zur ...«, stieß es unwillkürlich aus ihr hervor. Augenblicklich wurde ihr bewusst, dass niemand außer ihr in der Wohnung war. Maus, die es sich in der Zwischenzeit in der Mitte des Raums gemütlich gemacht hatte, war aufgesprungen, machte einen Buckel, plusterte ihren Schwanz und sah sie zutiefst erschrocken an. Die gelben Augen der kleinen, weißen Katze spiegelten das Unbehagen, das die Journalistin empfand, bis ins kleinste Detail wider. Sophia atmete tief durch und schloss erst mal die Augen. Nach einer kurzen Weile öffnete sie erst das eine, dann das andere Auge und näherte sich vorsichtig ihrem Fernseher. »Hallo?«, fragte sie zögerlich. Es kam keine Antwort. Natürlich, wie auch. Ist ja nur ein Fernseher, dachte sie bei sich. Dennoch blieb sie aufmerksam und beobachtete jede Regung im Fernseher. Dort hatte die Serie längst wieder ihren Gang genommen. Alles wirkte wie immer. Verwundert und doch gleichzeitig auch irgendwie erleichtert schüttelte sie den Kopf.

Aber es war schon seltsam. Sie kannte diese Folge. Sogar fast auswendig. An diesen Text konnte sie sich aber so gar nicht erinnern.

»Hör endlich auf herum zu spinnen!«, sagte sie schließlich laut. Dann sah sie nachdenklich auf den Laptop auf ihrem Sofa. »Schluss! Aus! Ich werde das jetzt klären. Ich werde mir jetzt selbst beweisen, dass alles ok ist. Kein Grund zur Panik, das ist ja schon richtig peinlich«, sagte sie erneut betont laut zu sich selbst. Dann setzte sie sich mit einem leisen Seufzen hin, legte ihre Beine hoch und stellte den Laptop auf ihre Oberschenkel. Maus beobachtete sie neuerlich interessiert. Anschließend bewegte sie zu allem entschlossen den Zeiger der Mouse wieder auf das Laufwerk mit dem USB-Stick. Ihr Daumen wanderte zu dem rechten unteren Rand ihres integrierten Mousepads.

»Wiiijjjjjjuuuuuuu«, jaulte plötzlich der Feuermelder los. Sophia fuhr hoch und der Laptop lag auf dem Boden. »Scheiße, was ist denn jetzt schon wieder. Kann man denn nicht EIN EINZIGES MAL in Ruhe arbeiten. Maus, warst du das? STELL DICH KATZE!«, zeterte sie genervt, während sie in die Küche hetzte, um erst einmal dieses furchtbare Geräusch abzustellen. Dort angekommen war alles klar. Offenbar hatte Maus bei einem Sprung die Herdplatte angestellt und die Prospekte, die darauf lagen, hatten sich entzündet. Zum

Glück waren sie nur verkohlt und hatten nicht die ganze Küche in Brand gesetzt. Sophia löschte die letzten glimmenden Reste und ging wieder zu ihrem Laptop. Was für ein seltsamer Abend das doch war.

Als Maus sich neuerlich anschickte, sich auf die Tastatur zu legen reichte es ihr endgültig. Bestimmt schob sie das schnurrende Bündel beiseite. Dann klickte sie entschlossen auf die Eigenschaften.

Das Verzeichnis zeigte tatsächlich nur eine einzige Datei, wobei seltsamerweise kein Dateiformat angezeigt wurde. Angespannt öffnete sie die Eigenschaften des Files, aber auch hier gab es keinen einzigen Hinweis.

Sophia gab sich einen Ruck und klickte nun mit der rechten Mouse Taste auf Öffnen und die Datei öffnete sich auch tatsächlich ohne weitere Probleme. Vor ihr lag nun eine Art Textdatei voller merkwürdiger Zeichen und Symbole. Doch egal welche Schriftart sie auch immer wählte, nichts brachte sie auch nur einen einzigen Schritt weiter. Auch das Internet wusste keinen Rat. Irgendwann kopierte sie schließlich einfach einen Teil des Textes in die Suchmaske, doch just in dem Moment als sie Enter drückte, wurde der ganze Bildschirm schwarz und ihr Rechner stürzte ab.

Na toll, also doch irgendein Virus. Und dafür die ganze Aufregung, dachte sie sich genervt. Sie sah auf die Uhr. Spät war es geworden. Wie auch immer, morgen würde sie einen befreundeten Programmierer um Rat fragen. Dem wird schon irgendetwas einfallen, überlegte die nicht wirklich technikbegabte Journalistin. Schließlich machte er ja eh irgendwas mit Computern und im Grunde ist das ja eh alles irgendwie dasselbe. Fand sie zumindest.

Doch jetzt hatte sie erst einmal Lust auf einen schönen, klassischen Eierlikör. Es war schon lustig. Jahrelang hatte sie das Zeug nicht mehr getrunken, weil es ihr eigentlich nie sonderlich geschmeckt hatte, aber jetzt hatte sie förmlich den Geruch in der Nase. Wahrscheinlich weil der komische Psychologe ihr heute einen angeboten hatte. Mehrere vergebliche kulinarische Ablenkungsversuche später schnappte sie schließlich ihren Mantel und ging zu der Tankstelle in der Nähe. Doch wie es der Zufall so wollte, war ihr wohl irgendjemand zuvorgekommen. Als sie den jungen Mann an der Kassa nämlich nach Eierlikör fragte murmelte der nur irgendetwas von einem Kunden, der alle Vorräte aufgekauft hätte und dass morgen ja eh schon die neue Lieferung käme. »Was haben nur alle mit Eierlikör heute Nacht«, schüttelte er verwundert den Kopf. Also versorgte Sophia sich eben mit Schokolade. Vorräte schaden schließlich nie, gerade wenn es um Schokolade geht, überlegte die junge Frau. Dann ging sie erst einmal schlafen. Die Sucherei und die

Aufregung hatten sie schlussendlich doch noch müde gemacht.

In dieser Nacht schlief sie unruhig. Nicht genug damit, dass sie mehrmals hochschreckte. Wenn sie dann doch endlich einmal einschlief, träumte sie augenblicklich von diesem seltsamen Eisbärlogo. Nur dass der Eisbär in ihren Träumen zum Leben erwachte und ihr tief in die Augen sah. Dann drehte er sich plötzlich um und trottete einfach davon. Es schien als wollte er, dass sie ihm folgte doch immer wenn sie es versuchte, sah sie eine elegant gekleidete Dame aus dem Nebel hervortreten. Irgendwoher kam ihr die Dame sonderbar vertraut vor, aber sie wusste beim besten Willen nicht mehr woher. Die Fremde schüttelte betont langsam und stumm den Kopf und sah sie dabei einfach nur ernst an. Dann verschwand auch die elegante Dame in einem riesigen Berg Schlagobers, über den sich laufend regelrechte Fluten von Eierlikör ergossen. Währenddessen war aus der Ferne ein lautes, helles Kinderlachen zu hören. Danach schreckte Sophia schweißgebadet hoch. Dreimal wiederholte sich dieser Traum. Die Erleichterung, als sich schließlich die ersten Sonnenstrahlen erfolgreich durch die turmalinfarbenen Vorhänge gekämpft hatten, war nicht in Worte zu fassen.

Doch auch untertags im Büro ließ sie das Erlebte nicht mehr richtig los, völlig egal wie angestrengt sie auch versuchte, sich abzulenken. Big Boss Frank-Xavier hatte sie gesagt, dass es sich anscheinend tatsächlich um nichts weiter als einen Spinner gehandelt hatte. Einen Verrückten, der ganz offensichtlich nicht mehr genau wusste, was er sagte und in welcher Welt er eigentlich lebte. Und das entsprach auch durchaus ihrem Eindruck. Allein wie er sie herauskomplimentiert hatte. Und diese ganze Sache von wegen den Eisbären, der Fische und dem Winter. Sie war sich sicher, der glaubte vermutlich sogar an die ganzen Theorien über die Wettermanipulationen, die im Internet kursierten. Und dann sein plötzlicher Meinungsumschwung. Eigentlich bemitleidenswert. Irgendwie zumindest. Aber dennoch, irgendwas war an der Geschichte, dass sie nicht mehr los ließ. Und dann der seltsame Abend gestern. Wenn sie nur daran dachte, hatte sie schon so ein seltsam warnendes, leicht gruseliges Gefühl.

Frank-Xavier hatte ihren Bericht mit einer gewissen triumphierenden Befriedigung entgegengenommen. Dann gab es noch einen Anpfiff, weil sie nicht gleich darüber gepostet hatte, gefolgt von einem längeren Vortrag über die Notwendigkeit von Transparenz. Zum Glück kam er dieses Mal nur bis zur Hälfte, weil eine andere Journalistin dringend etwas von ihm brauchte. Eindeutig mein Glückstag heute, freute sich Sophia.

Wenn sie nur irgendwie festmachen könnte, was genau sie an dieser ganzen Geschichte so fesselte.

Komm schon Unterbewusstsein, hilf mir, dachte sie bei sich. Auf einmal fiel ihr das ungewöhnliche Eisbärenlogo wieder ein. »Also dann meine allerliebste Suchmaschine, dann zeig´ mir einmal, was du so kannst«, murmelte sie leise vor sich hin, tippte die Worte »Eisbär« und »Logo« ein und klickte gespannt auf Enter.

Kapitel 4

Unglaublich, wie viele Firmen und Institutionen es gab, die einen Eisbären als Logo verwendeten. Sophia ließ sich nicht unterkriegen und nachdem sie etliche Firmen, deren Logo nicht einmal annähernd hinkam, ausgeschlossen hatte, blieben anderthalb Stunden später tatsächlich nur mehr zwei andere Unternehmen übrig, deren Logo dem von ihr gesuchten zumindest deutlich ähnelte.

Das erste Ergebnis war die ihr bereits bekannte Firma für Gärtnereibedarf, die sich anscheinend auf die Gestaltung und Ausrüstung von Gewächshäusern spezialisiert hatte. Die andere Option hingegen war ein Handel für Didgeridoos, die bekannten Blasinstrumente der Ureinwohner Australiens.

Das Beste daran aber war, dass sich alle beide in oder zumindest in der Nähe der Stadt befanden, in der Sophia lebte und arbeitete.

Was sie aber wirklich stutzig machte war, dass derart unterschiedliche Firmen anscheinend alle ein und dasselbe Markenzeichen verwendeten. Einen Zufall schloss sie aus, dafür war das Logo zu ungewöhnlich. Möglicherweise handelte es sich ja um Tochterfirmen? Möglicherweise würde eine Anfrage an das

Firmenregister Klarheit bringen. Da ihr Big Boss Frank-Xavier aber schon wieder wegen der nächsten Recherche in den Ohren lag und sie außerdem ihren Vorsprung bei der Artikelserie nicht riskieren wollte, entschloss sie sich schließlich dazu, den Praktikanten damit zu beauftragen. Sie sagte ihm aber nur, dass es um eine Geschichte ging, für die sie gerade recherchierte und untersagte ihm dann unter den wildesten Drohungen auch nur einer Menschenseele davon zu erzählen., vor allem nicht ihrer Konkurrenz Er war clever. Er würde das schon hinkriegen. Und außerdem stimmte ihre Begründung ja sogar, vermerkte sie zufrieden in Gedanken. Sie log einfach nicht gern, nur in Notfällen. Dass es diese derart oft gab war ja nun wirklich nicht ihre Schuld.

Als Big Boss ihr eröffnete, dass ihr nächster Auftrag sie ausgerechnet in die erst vor kurzer Zeit gegründete Firma für Gärtnereibedarf führte war sie außer sich vor Freude. Diesmal störte sie nicht einmal der am Morgen eingesetzte Schneefall, bei dem sie eigentlich nur sehr ungern mit dem Auto fuhr. Also nichts wie das Handy geschnappt und einen Termin vereinbart.

Als Sophia in dem Unternehmen für Gärtnereibedarf anrief, antwortete zunächst eine schroff klingende Männerstimme und bellte unwirsch in das Telefon: »Gärtnereibedarf ... Sie wünschen?« Schließlich verband ihr Gesprächspartner sie aber doch widerwillig mit der

Geschäftsführerin und tatsächlich: Sie hatte Glück. Noch am selben Nachmittag traf Sophia wie vereinbart bei der Gärtnerei ein.

Als die erfahrene Journalistin dort ankam, war sie sich nicht sicher, überhaupt richtig zu sein. Fast wäre sie nämlich überhaupt an der genannten Adresse vorbeigefahren und hatte ihr gerade wieder neu überholtes Navigationssystem in Verdacht gehabt, sie in die Irre geführt zu haben.

Vor dem grauen, langgezogenen Gebäude empfing sie lediglich ein trostlos wirkendes Gestrüpp. Ein verdrecktes Firmenschild klammerte sich reichlich schief und gerade noch so an einem einzigen, dicken Nagel fest und verriet, dass die die Journalistin anscheinend doch an ihrem Ziel angekommen war. Wie auch immer, der erste Eindruck stand auf jedem Fall in einem deutlichen Gegensatz zu der zuvor besichtigten Werbeagentur. Langsam zweifelte sie an ihrer Theorie über die Tochterfirmen. Konzerne legten üblicherweise ausgesprochen großen Wert auf das äußere und vor allem auch einheitliche Erscheinungsbild ihrer Unternehmen. Außerdem war auch nirgendwo der Eisbär zu sehen. Vielleicht hatte sie sich einfach geirrt und es war tatsächlich eine falsche Fährte. Wie auch immer, nun hatte sie ein Interview zu führen. Aber vorher wollte sich die Journalistin erst noch ein wenig umsehen und Eindrücke für ihren Artikel sammeln.

Neugierig spähte sie also durch das schmutzige Fenster neben der leicht rostigen Metalltür. Drinnen flackerte eine Glühbirne. Die Umrisse eines Schreibtisches waren wage zu erkennen. Sie klopfte zunächst sanft und dann, als niemand reagierte, etwas fester, entschlossener.

Nach einer Weile öffnete eine schludrig aussehende Frau die Tür. »Sie wünschen?«, fragte sie gelangweilt und musterte die Besucherin abfällig.

»Mein Name ist Sophia Aloavera vom »Schnelleren Blatt«. Ich hatte bereits angerufen, ich habe einen Termin mit der Geschäftsführerin. Könnten Sie ihr bitte sagen, dass ich da bin?«

»Jaja, ich weiß schon, das bin ich, kommen Sie herein«, antwortete die junge, dickliche Frau mit monotoner Stimme und öffnete die Tür. »Ist ja echt kalt heute, nicht wahr? Was trinken?«, fragte sie und deutete lasch in Richtung einer verklebten Kaffeemaschine, die aus einem schier unbeschreiblichen Chaos hervorragte. Daneben stand eine Tasse aus der unterschiedlich aussehende Tütchen mit Zucker herausragten. Dazu gesellte sich eine offene Flasche mit Kondensmilch. Allein dass diese Dinge überhaupt noch einen Platz in dem völlig vollgeräumten Zimmer fanden erschien Sophia wie ein schieres Meisterwerk der Schlichtkunst.

»Nein danke.« Schließlich wollte sie sich ja nichts einfangen. Wie leben manche Leute eigentlich, dachte sie angewidert. Sie musste unbedingt darauf achten, hier möglichst wenig anzufassen. Aber wie auch immer. »Also der Grund, warum ich gekommen bin ist, dass ich gerade an einem möglichen Artikel über innovative Firmen der Umgebung arbeite. Nun ja und da ist mir Ihr Unternehmen ins Auge gefallen. Ist es Ihnen recht, wenn ich unser Gespräch aufzeichne?« Sophia blieb ihrer altbewährten Taktik treu.

»Von mir aus.« Auf das Bitten der Journalistin bestätigte sie ihr Einverständnis erneut als endlich die Aufnahme lief.

»Ok, ehrm, danke. Also. Sie beschäftigen sich also mit Gärtnereibedarf?«. Die Mittzwanzigerin, die der Journalistin gegenüber Platz genommen hatte, verzog sichtlich genervt den Mund, ohne aber auch nur ein Wort zu erwidern. »Was machen Sie denn genau hier? Was ist denn ihr Produkt?«, versuchte Sophia das Gespräch in Gang zu bringen.

»Gärtnereibedarf. Wir kümmern uns um so Kühlanlagen für Gewächshäuser. Ist was komplett Neues am Markt. Aber eigentlich nichts Spannendes.«

»Ich verstehe. Und daher das Eisbärenlogo nehme ich an? Wofür steht es?«

»Naja, also Eisbären leben ja in der Kälte, nicht wahr. Und nachdem wir ja Kühlanlagen anbieten ...« Sie ließ den Satz unvollendet stehen. Plötzlich schien der Geschäftsführerin des Unternehmens etwas einzufallen und sie rappelte sich eilig aus dem tiefen Ohrensessel hoch, in den sie sich mehr gelegt als gesetzt hatte. »Aber wissen Sie was, wenn Sie wollen .... Wir haben da so Schlüsselanhänger.« Ungeduldig öffnete sie die oberste Schublade ihres Schreibtisches, kramte einen in Plastik verpackten gläsernen Schlüsselanhänger mit dem Sophia mittlerweile nur allzu gut bekannten Eisbärenlogo hervor und schob die Schublade wieder zu. Leider tat sie aber auch das überaus hektisch sodass sich ein Teil ihres orangenen Pullovers in dem herausgebrochenen Furnier des Schreibtisches verfing. Sophia beobachtete belustigt, wie ihr Gegenüber nun versuchte sich wieder zu befreien und dabei möglichst nicht ihre große, mit einem Kranich verzierte Kaffeetasse umzuschmeißen. Vorsichtshalber nahm sie die Tasse schließlich an sich und stellte sie ein Stück weiter weg. Schließlich hatte die junge Blondine es geschafft und sah die Journalistin erwartungsvoll an während sie gleichzeitig damit begann, den Schlüsselanhänger langsam zwischen ihren Fingern hin und her zu drehen.

»Klasse, kann ich einen haben?«

»Nö, sorry, ist mein Letzter. Kosten echt ein Schweinegeld diese Dinger.«

»Ich verstehe. Und Sie sind also die Geschäftsführerin hier?« Irgendwie konnte sie beim besten Willen nicht glauben, dass das tatsächlich so der Fall war. Normalerweise sprachen Firmenchefs von fast nichts anderem als ihrem Unternehmen, wenn schon einmal die Gelegenheit für einen Medienauftritt winkte. Vor allen Dingen wenn dieser kostenlos war. Vielleicht war sie ja nur vorgeschoben worden?

»Ja, bin ich.«

»Und sind Sie denn auch die Inhaberin oder gehört das Unternehmen vielleicht zu einer anderen Firma? Oder jemand anderem ?«

»Nope, ist meine«, stellte die junge Frau fest und nippte kurz an ihrem Kaffee. »Wissen Sie was echt voll cool ist? In genau zwei Tagen, also am 21. Februar, wird eine meiner Pflanzen endlich blühen, also die da drüben genaugenommen.« Sie zeigte auf eine eher unspektakulär aussehende Grünpflanze, die auf einem Stapel von Ordnern stand. »Wissen Sie, die blüht nämlich nur einmal im Jahr, immer an diesem einen Tag.«

»Sie ist echt voll pünktlich.« ergänzte die Firmeninhaberin rasch.

»Ok, cool«, nickte Sophia mit dem Kopf. Warum in aller Welt geriet eigentlich immer sie an die Verrückten? Sie beschloss, den Einwurf einfach zu ignorieren und weiterzumachen. »Und weiter? Besteht denn ein großer Bedarf nach solchen Kühlanlagen? Oder braucht man solche gekühlten Gewächshäuser für bestimmte Pflanzenarten und wenn ja für welche?« Die Spiegelung des grellen Lichts der an der Decke montierten Neonröhre auf den Konturen des Eisbären faszinierte sie. Es hatte etwas Magisches, etwas Hypnotisches. Angestrengt versuchte sie, sich wieder auf ihr Interview zu konzentrieren. Sie hasste es, wenn man den Leuten alles aus der Nase ziehen musste.

»Verkaufen Sie denn auch gelegentlich in das Ausland?«

»Geht schon so das Geschäft, ich bin zufrieden. Ins Ausland verkaufen wir weniger. Pflanzen sind jetzt nicht so wirklich meine Welt, aber vielleicht braucht man sie ja für, keine Ahnung, Weihnachtssterne vielleicht?«, ratterte sie gelangweilt herunter.

»Ehrm, aber Weihnachtssterne vertragen doch gar keine Kälte oder etwa doch?«

Ihre Gesprächspartnerin drehte gelangweilt den Kopf zur Seite. »Keine Ahnung, ist mir auch egal, war´s das?«, entgegnete sie.

»Ja gleich. Mich würde nur noch interessieren, wie kalt werden diese Gewächshäuser eigentlich?«

»Keine Ahnung, kalt halt. Was bin ich, Techniker?«

»Gut das war's dann schon wieder«, packte Sophia genervt ihre Sachen zusammen. »Danke für das Interview. Soll ich Sie anrufen, falls die Story tatsächlich erscheinen sollte?«

»Wie Sie wollen. Ist mir echt völlig egal. Wenn Sie meinen, von mir aus«, antwortete die Firmeninhaberin schulterzuckend.

Als Sophia das Gebäude verlassen hatte und zu ihrem Auto ging, sah sie plötzlich auf einem Mauervorsprung direkt neben dem Gebäude eine kleine rote Blume herausragen, die sich allen Widrigkeiten zum Trotz wacker ihren Weg durch den Schnee gekämpft hatte und nun stolz herausleuchtete. Einige Sonnenstrahlen setzten sie dabei wie kleine Scheinwerfer in das rechte Licht. Eine Blume um diese Jahreszeit?, dachte Sophia überrascht bei sich. Fasziniert ging sie näher, um sich die Blume genauer anzusehen und mit ihrem Smartphone ein Foto davon zu schießen. Das war doch einmal etwas richtig Schönes für den Zeitungsblog.

»Was wollen SIE denn hier? Wohl schon mal abchecken, was man streichen könnte, richtig?«, harschte plötzlich eine laute, raue Männerstimme hinter ihrem Rücken. Der Schäferhund, den er an einer kurz gehaltenen Leine mit sich führte, bellte aufgebracht. »Ja gut so, bell nur. Du bist ein guter Wachhund, vertreib dieses Gesindel, los!«, herrschte er mit unverkennbar russischem Akzent und entblößte dabei einen auffallend schiefen Zahn links oben. Es war eindeutig der Mann, mit dem sie vor einigen Stunden telefoniert hatte.

Noch bevor Sophia antworten konnte, öffnete sich erneut die Tür und die Dame von vorhin sah heraus. »Ist nur irgend so eine Pressetante, und jetzt stell' endlich diesen blöden Köter ruhig. Depperetes Mistviech!«, brüllte sie heraus und schloss wieder die Tür, nur um sie kurz darauf noch einmal zu öffnen. »Ach ja, das ist der Gerd, der arbeitet auch hier«, rief sie in dem ihr eigenen, sichtlich gelangweilten Tonfall und schloss erneut die Tür.

»Das sagt SIE vielleicht, dass sie von der Presse ist, aber das stimmt nicht!«, brüllte Gerd zurück. Dann widmete er sich wieder der fremden Besucherin.

Sophia und Gerd musterten sich kritisch. Ihre Augen wunderten sich ein wenig über das etwas verwahrlost aussehende, bullig wirkende Mannsbild, das sich so wütend vor ihr aufgebaut hatte. Er trug eine abgewetzte, schwarze Lederjacke, die er trotz der klirrenden Kälte offen trug. Aus seinen Nasenlöchern ragte einer dieser runden Nasenringe, wie man sie auch manchmal bei Aufnahmen von Rindern sieht. Das Piercing passte zu den verblassten Tätowierungen, die sich an seinem ungepflegt wirkenden Hals entlangschlängelten. Seine hervortretenden Augenbrauen ergänzten das Gesamtbild. Ihr Gegenüber war in der Tat ein Bär von einem Mann und sah gleichzeitig auch irgendwie verwahrlost aus, auch wenn er sichtlich darum bemüht war, es nicht zu tun. Seine Jacke roch unangenehm nach einer einzigartigen Mischung aus Kühlflüssigkeit und Terpentin. Sein Blick schwankte zwischen Verachtung und Einschüchterung. Schließlich schien er sich entschieden zu haben. Er nickte dem Eindringling verächtlich zu. Die Abscheu in seinem Gesicht war kaum zu übersehen. Sophia beschloss, sich nicht einschüchtern zu lassen und nickte umso arroganter zurück. Dann beeilte sie sich, schnell wieder in ihr Auto zu kommen. Ganz geheuer war ihr dieser Typ nun wirklich nicht. Sie war regelrecht erleichtert, als sie und ihr Wagen den Hof der Firma wieder heil verlassen hatten.

Einige Straßenecken weiter blieb sie stehen und atmete erst einmal tief durch. Dieser Gerd hatte ihr einen ganz schönen Schrecken eingejagt. Als sie sich wieder gefangen hatte, holte sie ihr Smartphone heraus und öffnete den Blog. Noch einen Anpfiff, weil sie das

Posten vergessen hatte, wollte sie denn doch lieber nicht riskieren. Frank-Xavier war ja durchaus geduldig, aber wer weiß. »Das zweite Interview ist fertig. Denke ich zumindest. Naja, auf jeden Fall werdet ihr aber ganz sicher nicht erraten, was das Hauptprodukt dieser Firma ist. In diesem Sinne: So long! Und ihr wisst ja: Bleibt online!« Es war ihr egal, was die anderen Kollegen sagten. Sie fand diesen Abschluss einfach nur genial. Und außerdem war er nun mal ihr ganz persönliches Markenzeichen. Erleichtert, dieses zähe Interview und die nachfolgende Begegnung gut hinter sich gebracht zu haben, fuhr Sophia wieder in die Redaktion zurück.

»Schön dass Sie wieder da sind, sehr gut. Und vor allem danke für das Posting. Ok, wie sieht es aus, bereit für die nächste Firma?«, fragte Frank-Xavier und sah sie erwartungsvoll an.

»Och ne, hören Sie mal, an sich immer gerne das wissen Sie ja aber echt, ich bin schon so erledigt. Es war ein echt harter Tag. Und außerdem habe ich grauenhaft schlecht geschlafen. Und wohl fühle ich mich irgendwie auch nicht wirklich. Los kommen Sie schon, eine klitzekleine Pause?«

Big Boss wirkte enttäuscht. Er würde ihr jetzt doch nicht etwa die Artikelreihe entziehen?

Sie atmete laut durch. »Wissen Sie was, ich habe da eine Idee. Ich wollte es ja eigentlich nicht sagen, aber ich bin da echt an einer Riesensache dran und wenn die wirklich stimmt dann könnte ich das dann auch gleich in das Interview mit der nächsten Firma einbauen. Was meinen Sie, das wäre doch wirklich der absolute Renner. Aber die Sache ist die, ich brauche noch ein wenig Zeit für die Recherche. Aber morgen. Versprochen. Großes Ehrenwort.«

»Was ist das für eine Sache?«

Sie druckste herum und bewegte nervös ihr Kiefer hin und her. »Naja das will ich echt noch nicht sagen, weil Sie wissen eh, wenn das dann doch nicht stimmt wäre das wirklich, wirklich peinlich. Aber ich bin dran. Wie sieht es aus, kriege ich einen klitzekleinen Aufschub bis morgen? Kommen Sie schon, so müde wie ich gerade bin, bin ich ja sowieso nicht wirklich zu gebrauchen.«

»Na gut. Dann gehen Sie nach Hause und schlafen Sie sich erst einmal aus. Müde helfen Sie mir ja wirklich nicht viel. Aber möchten Sie mir nicht doch mehr von Ihrem kleinen Projekt erzählen? Vielleicht kann ich Ihnen ja dabei helfen. Außerdem ist das noch immer meine Redaktion.«

»Natürlich ist es das, es ist nur, es wäre mir dann echt peinlich, Sie verstehen das doch sicher«, lächelte Sophia verlegen.

»In Ordnung. Na dann, bis morgen?«

»Ok, danke. Schönen Nachmittag noch!«, säuselte Sophia und schloss erleichtert die Tür hinter sich. Der Tag wurde ja echt immer besser. Endlich einmal früher Feierabend.

Sie war noch nicht ganz aus dem Treppenhaus, als der keuchende Praktikant sie einholte. »Junge, bist du aber schnell, trainierst du etwa?«, keuchte er völlig fertig.

»Wenn es nach Hause geht immer.« Sie verzog verschmitzt das Gesicht. Was in aller Welt wollte der Praktikant denn jetzt von ihr?

» Ich habe unseren kleinen Auftrag fertig. Schau mal, ich habe sogar Ausdrucke davon gemacht.«

»Klasse. Du bist echt der Beste.« Sophia drückte ihm einen dicken Schmatzer auf die Wange. »Gib her.« Aufgeregt sah sie die Ausdrucke durch. Seltsam, es waren überall verschiedene Eigentümer und Geschäftsführer eingetragen. Offensichtlich lag sie also falsch mit ihrer Konzerntheorie. Aber warum dann dasselbe Markenzeichen? Der Praktikant sah sie erwartungsvoll an und wartete offensichtlich auf weitere Aufträge. Es tat ihr direkt leid, ihn enttäuschen zu müssen.

»Klasse, danke nochmal. Aber tut mir leid, ich war wohl einfach nur auf dem Holzweg. Aber wenn ich das nächste Mal was habe bist du garantiert dabei, versprochen.« Sie versuchte, sanft zu klingen.

»Kein Problem, sowas passiert schon einmal. Aber es war trotzdem super, endlich einmal so richtig zu recherchieren und nicht immer nur zu kopieren.«

Sophia lächelte ihn dankbar an. So ein netter Kerl, dachte sie bei sich. Sie verabschiedeten sich und Sophia verließ nun endlich das Gebäude. Jetzt aber endlich ab nach Hause und ein wenig recherchieren, motivierte sie sich selbst und klappte den Kragen ihres Mantels nach oben. Es schneite schon wieder.

Doch weit gefehlt. Denn kaum war sie die drei breiten Stufen vor der Eingangstür des Altbaus aus der Jahrhundertwende hinuntergegangen wurde sie erneut aufgehalten.

»Geld für die Armen«, murmelte eine Männerstimme.

Sophia ignorierte ihn und eilte weiter zu ihrem Auto. Schließlich lief ihr Parkschein bald ab.

»Geld für die Armen!«, wiederholte die Stimme nun lauter und entschlossener. »Jetzt tun Sie bloß nicht so, ich weiß genau, dass Sie mich hören können. Und ich weiß was Sie getan haben.«

Genervt blickte sie hoch und wollte gerade etwas Passendes und nicht gerade Freundliches erwidern da erstarrte sie. Es war Karl.

Kapitel 5

Karl trug einen weiten, dunklen Mantel dessen Kragen er deutlich sichtbar hochgezogen hatte. Dazu hatte er einen altmodisch wirkenden Hut mit breiter Krempe aufgesetzt, den er weit in sein braungebranntes Gesicht gezogen hatte. Seine linke Hand hielt er bittend für Spenden geöffnet, in der rechten schien er etwas zu tragen, das Sophia aber nicht recht erkannte. Er sah wütend aus. »Ich weiß, was Sie getan haben«, wiederholte er anklagend. »Sie haben ihn mir weggenommen, ihn mir gestohlen.«

»Ich weiß nicht wovon Sie sprechen«, konterte Sophia und versuchte dabei möglichst selbstbewusst zu klingen. Na super und natürlich sind gerade jetzt wieder einmal keine Leute auf der Straße, dachte sie verängstigt. Sie versuchte, sich an Karl vorbei zu drängen, was dieser aber zu verhindern wusste.

»Keine Sorge, ich bin nicht böse. Zumindest nicht allzu sehr.«

Sophia sah ihn misstrauisch und gleichzeitig auch drohend an.

»Sie müssen keine Angst vor mir haben, junge Frau, ich tue Ihnen nichts, ehrlich. Es tut mir leid, falls ich Sie letztes Mal erschreckt habe, aber ich war ziemlich übermüdet.«

»Ich habe keine Angst. Vor allem nicht vor Ihnen.« Ihre Stimme klang unsicherer als ihr lieb war und sein Blick verriet, dass er ihr kein Wort glaubte. Dennoch schloss er kurz seine Augen und gab Sophia so zu verstehen, dass er die Sache auf sich beruhen ließ. Sie war unendlich dankbar dafür, vor allem, weil sie eigentlich sowieso ein ziemlich schlechtes Gewissen wegen der ganzen Sache hatte.

»Der USB-Stick allein reicht nicht. Wenn Sie die Datei wirklich lesen wollen dann brauchen Sie noch die Verschlüsselung dazu. Hier.« Er reichte ihr einen zweiten Stick, den sie ein wenig zögerlich in ihre Manteltasche steckte. »Installieren Sie das auf Ihrem Rechner und verwenden Sie das Programm zum Öffnen dann können Sie die Datei lesen.«

Sie setzte an, um ihm zu danken, doch er unterbrach sie: »Keine Ursache. Wir sind vom selben Schlag, wir müssen zusammenhalten. Aber das war's jetzt auch, mehr kann ich wirklich nicht mehr tun.«

Sophia wollte noch etwas fragen, ihm danken, aber es war zu spät. Karl war schon wieder in einer der Seitengassen des kleinen Platzes verschwunden.

Heute ist ja wirklich mein Glückstag, dachte sie fröhlich bei sich und machte sich nun endgültig auf den Weg nach Hause.

Zuhause angekommen ignorierte sie das Risiko eines Virus oder eines Trojaners. Mittlerweile war es ihr egal. Sie wollte einfach endlich eine Antwort. Also folgte sie den Anweisungen von Karl und installierte das Programm, das sich auf dem zweiten USB-Stick befand. Dann zog sie ihn wieder ab und wechselte zu dem USB-Stick mit dem Eisbären. Tatsächlich, die geheimnisvolle Datei ließ sich nun problemlos öffnen. Sophia stockte der Atem während ihr Herz vor Aufregung raste.

Da stand es vor ihr, in großen, fettgedruckten Lettern: Der Eisbär kontrolliert das Denken, das Sein, das Gesamte.

Das war alles. Mehr stand nicht dort. Nur dieser eine Satz. Sophia versuchte zu verstehen, aber es war zwecklos. Sie wurde einfach nicht recht schlau aus diesen neun simplen Worten. Irgendwie erinnerte sie diese Aussage an irgendeine der unzähligen Verschwörungstheorien doch auch hier brachte sie eine rasche Internetrecherche nicht wirklich weiter.

Sie versorgte erst einmal Maus, die sie bereits aufgeregt und planetenartig umkreiste. Vielleicht war ja doch das Markenzeichen der Schlüssel? Doch auch über das Logo fand sie nichts wirklich Neues heraus, genauso wenig wie über die bisher besuchten Firmen. Dummerweise hatte Big Boss ihr die Liste gleich nach dem ersten Interview wieder abgenommen, um sie weiter nachzubearbeiten. Sie war nun endgültig am Ende ihrer Ideen angelangt. Nachdenklich kraulte sie Maus, die sich friedlich neben ihr zusammengerollt hatte. Sie musste gähnen. Dann kam ihr eine Idee. Was, wenn die Firmen nicht aufgrund eines gemeinsamen Konzerns oder Inhabers verbunden waren, sondern im Gegenteil durch einen gemeinsamen Kunden. Oder vielleicht gab es ja einen gemeinsamen Finanzier, einen Gönner, der all diese Firmen finanzierte und ihnen im Gegenzug das Eisbärenlogo aufdrängte. Zumindest wäre das eine plausible Erklärung. Doch das musste erst einmal warten. Sophia gähnte neuerlich und beschloss, sich morgen darum zu kümmern. Heute war es definitiv zu spät dafür. Jetzt ging sie erst einmal schlafen.

In dieser Nacht hatte sie einen interessanten Traum. Sie lief über eine Wiese voller orangener Sommerblumen. Schmetterlinge umschwirrten sie und strichen sanft um ihr alabasterfarbenes Kleid. Irgendwie hatte die ganze Szenerie etwas herrlich Beruhigendes an sich. Behutsam begannen die Blumen hin und herzuschwanken bis sie schließlich einen schmalen Pfad freigaben. Ein großer Eisbär tappte entspannt den Weg entlang, sah über seine rechte Schulter zu ihr zurück und verschwand dann hinter einer Biegung. Instinktiv folgte sie dem Pfad. Frisches, duftendes Heu bildete einen weichen Teppich, der unter ihren nackten Füßen leise knirschte. Es war als wäre alles, was sie wahrnahm verstärkt und verlangsamt zugleich. Sophia sog jeden einzelnen Eindruck voll bewusster Dankbarkeit in sich auf. Schließlich war sie am Ende des Pfades angelangt. Dort stand eine gelbe Blume und gab den Blick auf eine sanft im Wind wehende, saftig grüne Wiese hinter ihr frei. Sie war deutlich größer und noch viel prächtiger als all die anderen Sommerblumen, die den Pfad säumten. Dann wandelte sich das Gras im Hintergrund und bildete nacheinander die Ziffern einundzwanzig und zwei. Die gelbe Blume verwandelte sich ebenfalls in eine große, vor Pracht strotzende Sonnenblume. Sie bückte sich, um an der Sonnenblume zu riechen, doch da verwandelte sich die Sonnenblume in eine Papiertüte. Plötzlich erinnerte sie sich. Es war genau jene Papiertüte, die Karl bei ihrem letzten Treffen dabei gehabt hatte. Auf einmal bildeten sich deutlich sichtbar die Buchstaben des Namens eines bekannten Teegeschäfts aus den Linien des bunten, abstrakten Musters auf der Papiertüte. Sie murmelte den Namen vor sich hin, um ihn ja nicht zu vergessen. Der Eisbär, der stehengeblieben war, um sie zu beobachten, betrachtete sie zufrieden und ging weiter gelassen seiner Wege. Augenblicklich schreckte sie hoch. Ihre Kraft reichte gerade noch, um auf ihrem Smartphone das Diktafon zu starten und den Namen hinein zu hauchen, dann schlief sie auch schon wieder ein. Die restliche Nacht verlief ereignislos.

Am Morgen danach hatte Sophia ihren Traum eigentlich schon längst wieder vergessen. Also kümmerte sich erst einmal um Maus, zog die Vorhänge wieder zu, weil das Licht gar so hell war und nahm dann eine Tablette gegen ihre surrenden Kopfschmerzen. Sie stand gerade in ihrem Badezimmer und putzte sich die Zähne, als ihr Blick auf das Handy fiel. Kaum als sie die Aufnahme abgehört hatte, erinnerte sie sich augenblicklich an ihren Traum und an die Papiertüte, die sie bei Karl gesehen hatte. Sophia lächelte zufrieden. Schnell schickte sie Big Boss eine E-Mail, dass sie sich heute leider etwas verspäten würde. Dann machte sie sich auf den Weg.

Kapitel 6

Wieviel Werbeplakate es doch überall gab. Irgendwie war ihr das noch nie so richtig aufgefallen. Eine beneidenswert gutaussehende Frau räkelte sich lasziv um eine Stange Trüffelsalami, ein Kind packte aufgeregt einen Blue Ray Player aus und naschte dabei frisches Popcorn, da drüben hing das Werbeschild eines Massagesalons. Es war als wäre sie nur noch von Werbung umgeben. Außerdem erschien ihr das Licht heute heller als sonst und auch die Welt war irgendwie lauter. Wenigstens war es heute nicht gar so kalt wie die letzten Tage. Es schien sogar ein wenig die Sonne. Allerdings nieselte es auch etwas.

Etwa eine Stunde später betrat Sophia den kleinen, nach allen möglichen Kräutern duftenden Laden. Allerlei Dinge stapelten sich und sorgten gemeinsam mit den vielen bunten Gerüchen für eine heimelige und sympathische Atmosphäre. Belustig beobachtete sie eine kleine, rundliche Frau, die gerade Kräuter in Gläser umfüllte und dabei eifrig mit sich selbst die optimale Menge beriet. Rechts neben dem Eingang bat ein großer Aufsteller eines britischen Butlers mit den weißesten Handschuhen, die sie je gesehen hatte, zum Tee. Sophia räusperte sich und die Dame drehte sich überrascht zu ihr um. »Oh, verzeihen Sie, ich habe Sie ja gar nicht kommen gehört. Ich sage ja, es wird Zeit, dass mein Mann endlich so ein Klingelding montiert«, plauderte sie und strahlte ihre Kundschaft aufgeregt an. »Aber nun zu Ihnen, was kann ich denn für Sie tun? Das Wetter da draußen ist ja fürchterlich, so nebelig, da glaubt man ja beinahe, man wäre wirklich in London, nicht wahr? Aber sagen Sie jetzt nichts, ich weiß, Regen ist wichtig für Pflanzen an sich und damit natürlich auch für die ganzen verschiedenen Teekräuter, aber ich mag einfach keinen Regen. Mögen Sie Regen?«

Sophia schüttelte überrumpelt den Kopf. »Ja ich ...«

»Sehen Sie, sag ich ja, keiner mag Regen. Aber momentan regnet es zum Glück ja noch nicht. Aber ach herrjeh, ich plappere und plappere und Sie armes Kindchen kommen gar nicht mehr zu Wort. Also, was kann ich für Sie tun?« Wonach suchen Sie? Eher etwas Klassisches oder eine komplett neue Teekreation?«, fragte sie mit einem treuherzigen Blick. »Ich wette Sie sind eher der klassische Typ, richtig?«

»Ist ja kein Problem«, antwortete Sophia. »Ich mag es gerne, wenn Leute erzählen. Vor allem wenn es derart charmant und unterhaltsam ist.« Die Dame lächelte wohlwollend. »Es geht um folgendes: Ich habe da einen Bekannten, einen sehr guten Bekannten sogar, aber leider ist mir seine Nummer abhandengekommen.

Wirklich zu ärgerlich. Na jedenfalls habe ich mich daran erinnert, dass er immer in Ihrem Teehaus eingekauft hat.«

»Hm, was wissen Sie denn von ihm? Wie sieht er denn aus?«, fragte die Verkäuferin, holte einige gläserne Gefäße und begann, diese mit einem Tuch zu polieren. Das Geräusch, das sie dabei machte, ließ ihre Besucherin regelrecht erschaudern.

»Naja, also er ist ziemlich groß, etwa einen Meter neunzig, etwas fester, hat an sich schwarzes Haar wobei die Schläfen grau meliert sind. Vom Alter her ist er so etwa Anfang, Mitte sechzig. Außerdem hat er häufig so einen dunkelbraunen, etwas abgetragenen Blazer aus Schnürlsamt an. Er heißt möglicherweise Ka...«

»O my dear, ich weiß schon, natürlich das ist George«, unterbrach die Verkäuferin sie aufgeregt. »Ja, den Blazer hat er wirklich jedes Mal an, ein furchtbares Teil nicht? Aber naja Männer eben, ich sag's ja immer, aber wissen Sie was, ich habe gar nicht gewusst, dass er wieder in der Stadt ist. Eigentlich wollte er ja zu seiner Tochter zum, ach wie hieß das Dorf noch, Sie wissen schon, ganz in der Nähe vom Scafell Pike. Wobei, das war schon vor über einem Monat, wissen Sie, er hat da extra viel von unserem berühmten Kräutertee gekauft um seiner Tochter, wie er sagte, einmal zu zeigen, dass es auch außerhalb Großbritanniens eine reichliche

Auswahl an Tees gibt, aber ich schweife ab, das passiert mir gelegentlich«, kicherte sie aufgeregt.

Der starke Geruch der vielen Tees schien Sophias Kopfschmerzen noch zusätzlich zu verstärken.

»Wissen Sie zufällig, wie ich Ihn erreichen kann?«

»Nein leider nicht. Das einzige was ich noch von ihm weiß ist, dass er für irgendeine internationale Organisation arbeitet oder war es ein anderer Staat, keine Ahnung, ich weiß nur noch, dass er darüber nie so recht reden wollte. Sobald ich das Thema angeschnitten habe, lenkte er immer gleich ab. Ach ja und außerdem macht er irgendetwas mit Computern, keine Ahnung was genau. Aber er hat wegen dieses Jobs England verlassen. Aber naja, seine Frau scheint wohl nichts dagegen gehabt zu haben und seine Tochter ist ja auch schon lange erwachsen. Kennen Sie sie eigentlich? Ich leider nicht. Nun ja, aber auf jeden Fall war es wegen des Jobs«, plauderte sie munter weiter während sie damit fortfuhr, die Gläser zu polieren.

»Wissen Sie was?«, unterbrach sie plötzlich ihre Arbeit und beugte sich zu ihrer Kundin. »Hinterlassen Sie doch einfach Ihre Nummer bei mir und wenn er wieder einmal vorbeikommt dann gebe ich sie ihm einfach, was sagen Sie dazu?«

»Wenn es Ihnen keine Umstände macht.«

»Ach ich bitte sie, das ist doch kein Problem und außerdem wird er sowieso bald wiederkommen, so wie ich unseren George kenne.«

Hastig schrieb Sophia: »Bitte kontaktieren Sie mich. Es ist dringend. Sophia«, auf ihre Visitenkarte und gab diese der wieder eifrig polierenden Verkäuferin. Dann kaufte sie schnell noch einige Packungen Tee, bedankte sich mehrmals und ging wieder ihrer Wege.

»Probieren Sie die neue Mousse, eine Mousse au Chocolat, wie Sie sie noch nie in Ihrem Leben probiert haben«, schellte das Radio als sie weiter zur Arbeit fuhr.

Der restliche Tag verflog ohne irgendwelche Neuigkeiten. Zuerst hatte Sophia ungeduldig auf irgendein Lebenszeichen von George gewartet, doch am Nachmittag hatte sie die Hoffnung schon beinahe aufgegeben. Wie auch immer, einen Versuch war es wert gewesen. Und vermutlich war er ja sowieso nur irgendein verrückter Spinner. Oder sie selbst zu ungeduldig. Also ging Sophia weiter ihrer Arbeit nach, erledigte zwei kleine Recherchen und kümmerte sich ansonsten um den Bürokram. Und doch war irgendetwas anders heute. Irgendwie war der Philodendron neben ihrem Schreibtisch einfach grüner als sonst und alles roch auch viel intensiver. Manchmal glaubte sie Stimmen zu hören und warum in aller Welt hatte sie auf einmal so einen Heißhunger auf alle möglichen Dinge. Ständig war ihr, als würde sie Musik hören, dabei waren außer ihr nur zwei Leute in dem Großraumbüro und keiner von ihnen hatte ein Radio an. Doch das Seltsamste war ihr Zeitempfinden. Zeitweise wirkte alles viel schneller als sonst, beinahe wie eine Art Zeitraffer und dann gab es wieder Momente, da schien ihre Umgebung sich in Zeitlupe zu bewegen.

Sie schob es zwar auf die Aufregungen der letzten Tage und ihre Nerven, aber nichtsdestotrotz machte sie sich langsam ein wenig Sorgen. Also fasste sie sich schließlich ein Herz und suchte am frühen Nachmittag, als alles Wichtige erledigt war, einen Arzt auf. Der konnte aber auch nichts Ungewöhnliches an ihr feststellen. Im Gegenteil, angeblich war die dauergestresste Journalistin, die eigentlich so gar nicht gesund lebte, in der Verfassung Ihres Lebens. Als sie erwähnte, dass das Gras irgendwie grüner war als sonst und Zeit wohl wirklich relativ sei, erntete sie allerdings einen äußerst befremdeten Blick des Arztes. Von der Musik und den Stimmen erzählte sie dann lieber erst gar nichts mehr. Stattdessen zog sie es lieber vor, etwas über die derzeit grassierende Grippe zu philosophieren und die Ordination so schnell wie möglich wieder verlassen. Danach entschied sie, dass es nun anscheinend endgültig an der Zeit war, sich selbst ein wenig mehr Ruhe zu gönnen und sich einfach mal wieder etwas Gutes zu tun. Und tatsächlich, nur eine

Kurzmassage später fühlte sie sich wieder deutlich besser und bereit für neue Abenteuer. Auch ihr Zeitgefühl war wieder in Ordnung. Offensichtlich war das alles wirklich nur eine Art Überbelastung gewesen. Sophia jedenfalls war zutiefst erleichtert, dass es endlich wieder vorbei war. Endlich war sie wieder sie selbst.

Fröhlich trällernd betrat die Journalistin kurze Zeit später wieder ihre heimatliche Redaktion. Doch dort, wo bei ihrem Weggehen ihr Schreibtisch gestanden hatte, klaffte nun ein riesiges dunkles Loch mit einer Art Strudel, der in die Tiefe führte. Alles war in einen dichten grauen Nebel getaucht, sodass sie zunächst fast nichts erkennen konnte. Ein heftiger Wind umspielte ihre Arme. Hektisch fuchtelte sie mit den Armen und tatsächlich lockerten die Nebelschwaden ein wenig auf, um sich an anderer Stelle wieder erneut zusammenzufinden.

Auch die anderen Schreibtische waren in lauter kleine, dunkle Trichter verschwunden. Die in die Wände eingepassten Regale waren zwar noch da, wirkten aber wie aus einer anderen Zeit. Das dunkle Furnier war abgeblättert. Einige der Einlagebretter waren aus ihrer Halterung gefallen und hingen nun schräg herunter. Obwohl sie einige Meter entfernt stand, konnte sie die Spinnweben und den Staub auf den Einlagebrettern erkennen. Die sonst so akribisch eingeschlichteten Ordner lagen nun wild verstreut herum. Teilweise waren sie sogar geöffnet. Die Fenster, der Türrahmen, alles war zerstört und sah aus, als wäre es schon vor langer Zeit verlassen worden. Ungläubig ließ die verwunderte Journalistin ihr Finger über die scharfe Kante des letzten Rests vom Fensterglas gleiten. Sie schnitt sich an dem Glas. Es war also tatsächlich wahr.

Sturm zog auf. Der Himmel lag in dunklen Wolken. Sie sah sich weiter um. Erst jetzt bemerkte sie, dass der ganze Boden mit Papieren und Zeitungen bedeckt war. Auf einmal kam ein Windstoß und es schien ihr, als würden all die Aufzeichnungen über vergangene Geschichten nun einen wilden, ungezähmten Tanz miteinander halten. Wieder war Musik zu hören, nur dass es sich dieses Mal um einen munteren Wettstreit eines Akkordeons und einer Violine handelte.

Sophia schloss die Augen und lauschte ganz der Musik während ihr schulterlanges, braunes Haar vom Wind angespornt dem Reigen folgte. Instinktiv begann Sophia, sich vollkommen entspannt mit der Musik zu bewegen, als sie plötzlich etwas Kaltes am Bein packte. In diesem Moment durchfuhr ein dumpfer, heftiger Schmerz ihren Brustkorb. Hysterisch schrie sie auf und tastete hektisch nach ihrem Bein. Dabei rutschte sie auf einer alten Zeitung aus und fing sich gerade noch mit den Händen ab. Aus der Ferne hörte sie lautes Donnern. Dann öffnete sie vorsichtig ihre Augen.

Kapitel 7

Zunächst einmal war alles einfach nur unangenehm hell. Der Wind war wohl weg, dafür schien ihr die Sonne direkt ins Gesicht. Schützend hob sie die Hand um das Licht abzuwehren. Nachdem sich ihre Augen an die ungewohnte Helligkeit gewöhnt hatten, blickte sie in die irritierten Gesichter ihrer Kollegen. Einer von ihnen, Michael, fasste sich ein Herz und ergriff die Initiative: »Alles ok, es ist alles gut. Kein Grund zur Panik. Siehst Du, es war nur ein Zettel, den der Ventilator von Ursula gegen dein Bein geweht hat. Alles ist gut. Tief durchatmen.«

Geschockt sah Sophia ihn an. Dann wanderte ihr Blick in die Runde. Das Büro war wieder ganz das alte, ein typisches Großraumbüro mit mehreren Schreibtischen, Regalen und Kästen. Alles sah neu aus, gepflegt, ordentlich. Verwundert und schweigend sah sie sich um und konnte es nicht fassen. Die restlichen Kollegen, die um diese Zeit noch da waren, waren ebenfalls aufgestanden und sahen sie verwundert und vorsichtig an. Ihr Kollege Michael machte Anstalten ihr aufzuhelfen, doch sie wehrte seine Versuche entschlossen ab. Dann ging sie einfach nur stumm im Raum umher und versuchte zu begreifen, was gerade geschehen war. Sie suchte nach irgendeinem Hinweis, nach irgendeiner Erklärung, so banal sie auch sein mochte. »Ich bin nicht verrückt, ich bin nicht verrückt«, murmelte sie gebetsmühlenartig vor sich hin. »Alles ist gut«, antwortete nunmehr eine ihrer Kolleginnen. »Niemand hier ist verrückt, nur etwas verwirrt. So und jetzt setz´ dich am besten einfach ganz ruhig hin. Marlene, rufst du bitte die Rettung. Schnell!« Vorsichtig ergriff sie Sophias Hand. Behutsam zog sie die Verwirrte weg vom Philodendron. Sophia folgte ihr teilnahmslos und ließ sich zu ihrem Bürosessel bringen. Es kostete ihr alle Kraft die sie hatte, sich zu konzentrieren doch es half: Langsam kam sie wieder zu sich.

Noch etwas zittrig stand sie auf und sah in die verdutzten, besorgten Gesichter. »Hey Leute, alles ok, kein Grund zur Sorge, mir geht es gut. Ehrlich! Marlene, Süße, komm lass das mal lieber sein mit dem Anruf. Sonst kriegst du noch Ärger, weil du vollkommen umsonst die Rettung gerufen hast. Mir geht es gut, ich wollte einfach nur einmal ausprobieren wie ihr so reagiert, wenn sich jemand völlig unerwartet verhält. Also so richtig ungewöhnlich. Ihr wisst schon, diese Story, an der ich schon länger arbeite über ehrm … über spontanes Ausflippen im Büro und ob die Leute einem dann überhaupt zu helfen bereit sind und taratata – Gratulation! Ihr habt allesamt bestanden. Vielen Dank, ihr seid wirklich ganz großartige Menschen, echte

Spitzenklasse. So und jetzt meine Lieben werde ich erst einmal nach Hause gehen und morgen feiern wir das schön mit einem Glas Sekt, was meint ihr. Gut, tja, jetzt muss ich aber wirklich. Marlene, ich habe dir doch gesagt, du kannst den Hörer ruhig auflegen. Also ehrlich, wirke ich etwa wie eine Verrückte? Ich glaube, ich sollte mich doch lieber irgendwann einmal als Schauspielerin versuchen, anscheinend bin ich ja echt oscarreif so verdattert wie ihr alle momentan dreinschaut. Eindeutig, Hollywood lässt grüßen. Na denn«, haspelte sie viel zu schnell, rief noch ein übertrieben fröhliches »Howdiehoo« in die Runde und stürzte danach eilig aus dem Raum.

Ihre Kollegen blieben verwundert zurück und sahen sich ratlos an.

Sophia rannte erst einmal ein Stockwerk tiefer. Dort lehnte sie sich an eine Wand. Ihr Herz raste und Tränen stiegen ihr in die Augen. Was in aller Welt war das nun wieder gewesen? Verlor sie etwa den Verstand?

»Warte Sophia, ich fahr´ dich heim«, rief ihr Melissa, eine Kollegin und Freundin nach.

»Nicht nötig bin schon weg, aber danke. Tschüüüsss!«, antwortete Sophia betont fröhlich und verließ rasch das Gebäude.

Nach einem kurzen Spaziergang im nahen Park ging es ihr schnell wieder deutlich besser. Aber warum hatte sie bloß auf einmal so einen Gusto auf Trüffelsalami? Und auf Mousse au Chocolat? Und überhaupt wäre es doch toll, wenn es eine Mütze aus demselben Stoff wie diese eleganten weißen Handschuhe gäbe. Die, die Bibliothekare hatten. Oder auch Butler. Und ob es wohl einen Blue Ray Recorder gab, der irgendwie mit der Mikrowelle verbunden war und auf Pause schaltete sobald das Popcorn fertig war?

Ihr Smartphone läutete und die Anruferanzeige verriet, dass es Frank-Xavier war. Vermutlich hatte er bereits von dem peinlichen Vorfall in der Redaktion erfahren. Sie lehnte den Anruf ab und schaltete dann ihr Handy ab. Ihr Bedarf, über den Vorfall zu reden, war für heute bei weitem gedeckt.

Nachdem sie heute sowieso nichts mehr vorhatte, beschloss die Journalistin ein wenig mehr zu entspannen. Doch was tun, vielleicht ein kleiner Einkaufsbummel im nahen Einkaufszentrum? Auf dem Weg dorthin sah sie einen kleinen Transporter vorbeifahren, den ein schlafender, zusammengerollter Eisbär zierte. Er hatte seinen Kopf achtsam auf seine Pfoten gebetet. Der Wagen blieb stehen, aber Sophia ignorierte ihn ganz bewusst. Auch der Versuchung, ihr Smartphone wieder anzuschalten, um das ebenfalls mit einem Eisbären verzierte Firmenschild eines

Forschungsunternehmens zu fotografieren widerstand sie nach einigem inneren Kämpfen. Sophia hatte endgültig die Nase voll von diesem ganzen Thema.

Sie ging jetzt erst einmal in aller Ruhe shoppen. Sie hatte Glück: Alles war auf Anhieb verfügbar. Sie musste nicht einmal lange danach suchen. Und im Angebot war es außerdem noch. Zufrieden, entspannt und völlig pleite machte sie sich schwerbeladen auf den Heimweg.

Als in ihre Straße einbog erschrak sie neuerlich. Ein bullig gebauter Mann etwa Anfang zwanzig lungerte vor einem Haus herum. War das am Ende derselbe Mann wie der Typ, der vor Karls Haus an seinem Auto herumgebastelt hatte? Sie sah noch einmal hin und betrachtete ihn genauer. Möglich war es durchaus. Am Ende der Leine in seiner Hand befand sich ein kleiner Chihuahua, der aufgeregt um sein Herrchen herumhüpfte. Er sah irgendwie gelangweilt aus und doch hatte die ganze Szenerie etwas zunehmend Bedrohliches an sich. Auf einmal sah er Sophia scharf an. Sophia schaute augenblicklich weg. Vorher aber konnte sie gerade noch so erkennen, dass auch seinem Sweater aus dunkelblauem Fleece eindeutig ein silbernes Logo prangte. Oder war es doch weiß gewesen? Egal, es war in jedem Fall ein Eisbär, da war sie sich absolut sicher. Sophia fühlte, wie Panik in ihr hochstieg. Verfolgten die sie jetzt etwa? Wo in aller Welt war nur George, er wusste sicher was zu tun war.

Unwillkürlich begann sie immer schneller und schneller zu gehen, bis sie schließlich sogar lief. Der Mann mit dem Chihuahua ging weiterhin gelassen hinter ihr her. Es war eindeutig, er beobachtete sie. Plötzlich stolperte sie über einen Randstein. Eine ihrer Taschen fiel um. Ehe sie sich versah stand auf einmal ihr Verfolger neben ihr. Sie wagte kaum, nach oben zu sehen. »Kann ich Ihnen vielleicht helfen?«, fragte er und griff nach den herausgefallenen Lebensmitteln. »Haben Sie sich etwas getan?«

»Nein danke, es geht schon. Danke. Lassen Sie mich«, stammelte sie panisch, während sie hektisch ihre Einkäufe zusammenraffte und so schnell sie konnte weiterging. Immer wieder drehte sie sich dabei ängstlich um. Sie wollte wissen, was er als nächstes vorhatte. Er musterte die junge Frau verwundert. Entsetzt beobachtete sie, wie der Mann seinen Hund hochhob. Folgte er ihr etwa erneut? Ja es war eindeutig, irgendetwas hatte er vor. Hastig nahm sie ihre Einkaufstaschen hoch und begann zu rennen, zumindest soweit dies mit den vielen, großen Taschen möglich war. Der Mann mit dem Chihuahua schüttelte nur den Kopf und folgte ihr gelassen. Etwas Arrogantes lag in seinem Schritt.

Die Erleichterung, als die Tür des Mehrparteienhauses, in dem sie wohnte, hinter ihr ins Schloss fiel, war unbeschreiblich. Endlich war sie in

Sicherheit. Ob ihr Verfolger vielleicht doch harmlos gewesen war? Die Art wie er sie angesehen hatte. Als wäre sie verrückt. Aber wie auch immer, nun war das Ganze ja Gott sei Dank vorbei und überstanden. Erleichtert trat sie aus dem Lift. Ehe sie sich versah, packte plötzlich eine riesige, behaarte Männerhand ihr rechtes Handgelenk, drehte sie und presste Sophia mit dem Gesicht gegen die Wand des Flurs. Eine zweite Hand über ihrem Mund erstickte ihr Schreien im Keim. Die Einkaufstaschen polterten unangenehm laut, als sie aus ihren Händen glitten und sich der ganze Inhalt über den grell ausgeleuchteten Flur verteilte. Die Hand, die sie festhielt, war ziemlich stark. Egal. Sophia wehrte sich dennoch mit allen Kräften, doch es war zwecklos. Der Angreifer war eindeutig zu stark für sie. Seufzend gab sie schließlich auf und harrte der Dinge die da kommen mögen.

Kapitel 8

Der schwere Atem des Mannes hinter ihr strich unangenehm über Sophias Nacken als sich ihr Angreifer zu ihr herunterbeugte. Schließlich spürte sie kantige Bartstoppeln an ihrer Wange. Sophia wimmerte angsterfüllt auf und schloss die Augen. Ihr Herz raste. Tränen schossen ihr in die Augen.

»Was wollen Sie von mir? Warum verfolgen Sie mich? Ich habe Ihnen doch bereits deutlich gesagt, dass ich meine Ruhe haben will«, raunte eine dunkle Stimme in ihr Ohr. Sophia erkannte die Stimme sofort. Es war George. Sie versuchte zu antworten und tatsächlich lockerte sich die Hand über ihrem Gesicht. »Aber ja nicht schreien«, mahnte George deutlich sanfter. Sophia nickte heftig und George lockerte seinen Griff.

Als sie sich wieder umgedreht hatte sah George sie erwartungsvoll an. »Es tut mir leid, es war nur … Ich wusste nicht …«, versuchte sie zu erklären, doch es war zu viel. Sie begann zu weinen. Was in aller Welt war nur los mit ihr?

»Aber kommen Sie bitte, jetzt hören Sie schon auf zu weinen. Ich wollte Sie doch nur ein wenig erschrecken«, versuchte George irritiert, die Frau zu beschwichtigen. Mit dieser Reaktion hatte er nun wirklich nicht gerechnet. Bislang hatte sie immer so tough gewirkt und jetzt das. Sophia fing sich langsam wieder und stammelte: »Nein es geht schon, es ist nur ... Der Mann, der mir eben gefolgt ist, oder auch nicht, ich weiß es nicht sicher, aber ich glaube schon ... Und überall ist der Eisbär ... Dieser idiotische Eisbär. Es ist als würde er mir verfolgen, wohin ich auch gehe.«

George betrachtete die junge Frau besorgt. Sein Gesichtsausdruck war ernst geworden. Dann atmete er tief durch und nahm vorsichtig ihren Arm. »Kommen Sie, setzen Sie sich erst einmal hin, Sie sehen so aus als könnten Sie etwas Ruhe gebrauchen. Wissen Sie was, wir bringen jetzt erst einmal alles in Ihre Wohnung und dann reden wir. Einverstanden?«, sagte er so sanft es seine raue Stimme zuließ. Sophia nickte dankbar. Schnell waren die Einkäufe wieder zusammengesucht und irgendwie hatte es Sophia sogar geschafft, die Tür zu ihrer Wohnung aufzusperren. Dankbar ließ sie sich von George zu ihrer Couch geleiten. Maus betrachtete die beiden verwundert, leistete ihrem Frauchen aber umgehend Gesellschaft und begann erst einmal damit, ihre Pfote zu putzen. Sophia betrachtete sie nachdenklich.

Währenddessen hatte George bereits Wasser aufgestellt. »Haben Sie Tee?«

»Ja da drüben, in dem Hängeregal«, antwortete sie erschöpft von ihrer Couch.

»Sehr gut. Der wird Ihnen guttun. Sie werden sehen, nichts tut so gut wie eine schöne Tasse heißer, frisch aufgebrühter Tee. Das hat zumindest meine Frau immer zu mir gesagt.«

»Sie sind verheiratet?«

»Ich war. Sie ist gestorben. Leider. Aber nun zu Ihnen. Was ist los?«, fragte er besorgt, während er ihr behutsam die Tasse reichte. Die sanfte Wärme der Tasse hatte etwas angenehm Tröstendes. »Sie scheinen ja völlig durch den Wind zu sein«, ergänzte er nach einer kurzen Pause.

»Ich weiß es nicht. Es ist, als würde ich den Verstand verlieren. Oder auch nicht, keine Ahnung. Irgendwie ist alles auf einmal so viel lauter, bunter, irgendwie intensiver. Ständig sehe ich irgendwelche Dinge, Details, die einfach keinen Sinn ergeben. Und immer ist da dieser Eisbär, als würde er über allem schweben. Es tut mir leid, ich muss mich anhören wie eine Verrückte. Keine Ahnung, vielleicht ist es ja auch deshalb, weil ich in letzter Zeit gar so schlecht schlafe.«

»Sie schlafen schlecht?«

»Ja, ich kann ewig nicht einschlafen und wenn ich es dann irgendwann doch noch schaffe, träume ich komplett wirres Zeug und schrecke wieder hoch.« Dankbar nahm sie einen Schluck.

»Und was genau träumen Sie?«

»Keine Ahnung, alles Mögliche eben. Manchmal irgendwelche Details vom Vortag, wie gesagt, keine Ahnung es ist irgendwie alles seltsam. Aber immer ist da dieser Eisbär, dieses Logo. So habe ich Sie übrigens auch gefunden. Ich hatte von dem Teehausnamen geträumt, der auf der Einkaufstüte war, die Sie bei sich hatten als wir uns das letzte Mal sahen. Das heißt, eigentlich hat mich der Eisbär hingeführt.«

George hob besorgt die Augenbrauen. Dann runzelte er die Stirn.

»Ich bin nicht verrückt«, kommentierte Sophia den Blick ihres Gegenübers. »Zumindest glaube ich das«, ergänzte sie deutlich leiser. »Was meinen Sie, bin ich verrückt? Seien Sie ruhig ehrlich.« Sophia sah betreten zum Boden. Irgendwie hatte sie Angst vor der Antwort.

»Nein«, antwortete George zu ihrer großen Überraschung. Verwundert sah sie hoch. »Ich weiß, es muss alles sehr verwirrend für Sie sein und das tut mir auch wirklich sehr leid, aber glauben Sie mir bitte, Sie sind nicht verrückt. Ganz im Gegenteil. Diese ganze Sache … Es ist viel größer, als Sie vermutlich ahnen, viel größer als Sie oder ich. Und ich habe es mitverursacht.

Es tut mir leid. Ich glaube, ich sollte jetzt besser gehen. Ruhen Sie sich noch etwas aus, Sie werden es brauchen. Wie gesagt, es tut mir leid. Doch nun ist es zu spät.« Sein Gesicht zeigte einen verbitterten, harten Ausdruck. Es war, als wäre er um Jahre gealtert. George stand auf und machte Anstalten zu gehen.

Sophia stand ebenfalls auf. »Warten Sie, was ist hier los. Bitte sagen Sie es mir. Sie sagen, es tut Ihnen leid? Falls das wirklich stimmt, dann schulden Sie mir eine Erklärung.«

George stutzte.

»Was haben Sie getan?« Sie fixierte ihn mit einem bestimmten, entschlossenen Blick. »Was genau ist hier los? SAGEN SIE ES MIR! SOFORT!«, schrie sie ihn an. Er schwieg.

»Sophia kommt aus dem Griechischen und bedeutet göttliche Weisheit, wussten Sie das eigentlich?«, betrachtete George sie nachdenklich.

»Ja schon mal gehört, aber was meinen Sie jetzt damit?«, antwortete ihm Sophia verwundert.

»Nichts Konkretes. Ist mir nur gerade so eingefallen. Kein Grund weiter darüber nachzudenken.«, wischte er ihre Frage beiseite und wandte sich seinem Tee zu.

»Was ist los?«, fragte sie sanft und ergriff behutsam seine Hand.

George seufzte, setzte sich wieder zu ihr auf die Couch und verschränkte die Hände. Dann begann er zu erzählen. Er erzählte, dass er eigentlich ein Softwareentwickler und Programmierer war. Ein Freelancer, der von den verschiedensten Unternehmen Aufträge annimmt, diese schnellstmöglich erledigt und dann dafür bezahlt wird. Er hatte wohl schon für die ganz Großen gearbeitet, er nannte einige Namen von bekannten Konzernen aber irgendwann, als das Geschäft immer schlechter lief und sich immer mehr Freelancer um immer weniger Aufträge prügelten, war ihm die Idee gekommen, seine Dienste auch internationalen Organisationen anzubieten. In dieser Zeit hatte er eine Menge gelernt über die Menschen in diesen Ebenen und über die Spielregeln, denen auch sie, die scheinbar Mächtigen, unterworfen waren. Vor allen Dingen aber hatte er eines gelernt: Keine Fragen zu stellen. Niemals. Dies war die oberste Regel, die von ihm verlangt wurde und an dieses Gesetz hielt er sich penibel. Genaugenommen wollte er es auch gar nicht wissen, was genau seine Auftragsgeber mit seinen Programmierzeilen vorhatten. Damit hatte er jedenfalls anscheinend durchaus einige Aufmerksamkeit erweckt, sodass er eines Tages von einer Firma namens Ermatron kontaktiert wurde. Ermatron suchte einen Entwickler, der erstens keine Fragen stellte und zweitens ein wahrer Meister seines Fachs war.

Nachdem zu diesem Zeitpunkt gerade erst seine Frau verstorben war, war George dankbar für jede Art von Ablenkung. Also stürzte er sich voller Enthusiasmus in das Projekt. Und das, was sie forderten, benötigte schon eine ganze Menge an Fachwissen. Er hatte dafür sogar extra eine weitere, spezielle Programmiersprache erlernt und sich detailliert in die Robotik eingelesen. Speziell ging es wohl um den Bereich der künstlichen Intelligenz, um das Funktionieren neuronaler Netze. Genaueres wusste er leider selbst nicht, aber es schien ein ganzes Team aus Medizinern, Biologen, Technikern und anderen Fachleuten gewesen zu sein, die alle in die Vorarbeiten involviert gewesen waren. Das Ergebnis waren klare Vorgaben für die Entwicklung eines speziellen Programmcodes, der in diesem einen Satz münden sollte. Das Lesen des Satzes mit dem Eisbären aktivierte mithilfe von optischen und akustischen Codierungen einen Vorgang im menschlichen Gehirn. Wie genau das funktionierte, konnte er nicht erklären, da er nur einen kleinen Teil der Arbeit übernommen hatte und andere Elemente implementierte. Er wusste nur, dass ein Teil der Codierung für das menschliche Auge nicht wahrnehmbar in den einzelnen Pixeln der Buchstaben hinterlegt worden war. Was genau der Zweck des Ganzen war wusste er ebenfalls nicht, nur dass es eine riesengroße Sache war und anscheinend auch sehr viel Geld im Spiel war. Er nannte die Summe, die ihm für die Entwicklung dieses Programmcodes bezahlt worden war und sie war in der Tat ausgesprochen beeindruckend.

Sein Kontaktmann war ein gewisser Herr Njmoro aus Island oder Norwegen, so genau hatte er das selbst nie herausgefunden. Überhaupt wurde mit Informationen eher spärlich umgegangen. Seltsam aber war, dass alle nötigen Materialien inklusive des Computers, drei Monitoren und mehreren USB- Sticks vom Auftraggeber gestellt wurden. Es wurde ihm sogar unter dubiosen Drohungen und Anspielungen untersagt, andere Geräte als die zur Verfügung gestellten für die Entwicklung des Programmcodes zu benutzen.

Auch die Dokumentation durfte ausschließlich als Mikrofiche erfolgen. Als George darauf hinwies, dass es sich dabei doch eigentlich um eine mittlerweile für solche Zwecke lange veraltete Speichertechnologie handelte, hatte Herr Njmoro nur zufrieden gelächelt und irgendetwas von »Genau, das ist ja das Gute daran. Das kann heute sowieso keiner mehr lesen. Einfach nur perfekt«, vor sich hingemurmelt.

Da Fiche und Fisch gleich ausgesprochen wurde, war Sophia nun auch endlich klar, was es mit diesem ganzen Fischthema auf sich hatte. Offensichtlich handelte es sich um eine spezielle Art von Mikrofiche Technologie, da diese eine intensivere Kühlung als üblich zu benötigen schienen.

Als sein Werk schließlich vollendet war, hatte George, stolz darauf, das scheinbar Unmögliche geschafft zu haben, eine Kopie der Datei und einen der USB-Sticks als Erinnerung für sich zurückbehalten. Außerdem kam ihm die ganze Angelegenheit zunehmend seltsam vor und langsam begann er sich zu fragen, was genau Ermatron mit dem eigenartigen Programm denn eigentlich genau vorhatte. Seinen Auftraggebern hatte er einfach gesagt, den Stick verloren zu haben, wobei er sich beeilte zu betonen, dass zum Glück sowieso noch gar nichts darauf gespeichert gewesen war. Offensichtlich war Herr Njmoro derart erleichtert und aufgeregt gewesen, dass George den Auftrag überhaupt hinbekommen hatte, dass er wegen des fehlenden USB-Sticks nicht mehr weiter nachforschte und es einfach dabei beließ.

Nachdem das Projekt zu Ende war, machte George dann erst einmal so richtig Pause. Die Monate zuvor hatte er beinahe jede wache Minute mit der Entwicklung dieses Programms verbracht. Doch je mehr Ruhe einkehrte, desto mehr begann George sich zu fragen, was genau denn nun hinter diesem seltsamen Auftrag steckte. Er suchte im Internet und lernte Leute kennen, die wie er sagte, ebenfalls auf der Suche nach der Wahrheit sind. Das beeindruckte ihn. Vor allem der

Blog einer Journalistin, die in ihrem Lebenslauf angab, für eine regionale Zeitung zu arbeiten und deren Initialen S. A. lauteten, hatte George geradezu gefesselt. Also beschloss er schließlich, sich, inspiriert durch die amerikanischen Vorbilder, als Whistleblower zu versuchen und kontaktierte die erstbeste Zeitung, die ihm einfiel. So traf er auf Sophia und als er ihren Namen hörte nahm er an sie wäre eben diese Journalistin. Auch wenn er sich anfangs nicht ganz sicher war, wie er etwas verlegen einräumte.

Er schien zutiefst erleichtert, nun endlich jemandem seine Geschichte erzählen zu können.

»Was vermuten denn Sie was dahintersteckt?«, fragte Sophia gespannt.

Es schien als hätte er nur auf diese Frage gewartet. »Also ich glaube ja es hat irgendetwas mit Politik zu tun«, sagte er und beobachtete gespannt ihre Reaktion auf diese Enthüllung.

»Mit Politik? Wie kommen Sie denn darauf?«

»Nun ja, es ist doch so. Ich habe vorher in den letzten Jahren fast nur für irgendwelche Regierungsorganisationen gearbeitet. Und man hört und liest ja derzeit ständig von irgendwelchen Terroranschlägen oder Terrordrohungen und so weiter. Ich glaube, es hat etwas mit Mind Control zu tun. Und kennen Sie eigentlich die ganzen Spekulationen über 9/11, ich meine die abseits der Mainstreamnachrichten?«

»Sie meinen, dass es ein Insiderjob war?«

»Genau. Nur dass ich mir nicht sicher bin, ob es das wirklich war oder ob sie es uns nur glauben machen wollen. Ach was weiß denn ich, wer hier wen kontrolliert. Aber dennoch, ich bleibe dabei, mein Tipp ist irgendeine Verschwörung, sei es nun der Regierungen oder aber von irgendeiner terroristischen Organisation. Um die Leute besser kontrollieren zu können. Ja, genau darum geht es. Und genau darum kamen die auch ausgerechnet auf mich. Weil ich in diesen Kreisen nun einmal einen Namen habe.«

Sophia sah ihn zunehmend skeptisch an und legte ihre Stirn in Falten, während sie seinen Ausführungen zuhörte. Irgendwie erinnerte sie das alles erschreckend an die Ausführungen des Psychologen mit der Werbeagentur. »Das klingt ja alles recht plausibel, aber glauben Sie wirklich, dass eine Regierung oder eine Terrormiliz dahinterstecken?«

»Regierung, Terrormiliz, keine Ahnung. Vielleicht ist es ja auch irgendein Geheimdienst. Ich meine, da hört man ja auch immer wieder, dass die ihre ganz eigenen Mittel und Projekte haben sollen. Also wer weiß, wobei ja, vielleicht ist es ja auch irgend so eine

Geheimdienstsache. Geld war auf jeden Fall mehr als genug vorhanden. Aber irgendetwas in der Richtung ist es, da bin ich mir sicher.«

»Hm, vielleicht haben Sie ja doch recht, wer hätte sonst die Mittel.«

»Genau«, unterbrach der Programmierer sie aufgeregt. »Genau das ist doch die Frage. Wer hätte sonst die Mittel. Und vor allem die Möglichkeiten. Aber jetzt verstehen Sie sicher, warum ich so vorsichtig bin.«

»Ja natürlich, schon klar«, entgegnete Sophia gedankenversunken. Angestrengt versuchte sie, sich an das Plädoyer des Psychologen zu erinnern. »Und wenn es mit der Wirtschaft zu tun hat? Wenn eine Firma dahintersteckt?« Fragend sah sie George an und beugte sich dabei näher zu ihm.

»Nein, das glaube ich nicht. Dafür hatten die viel zu viele Mittel, viel zu viele Möglichkeiten. Die konnten Genehmigungen beschaffen, Zugänge freischalten. Ehrlich, das glaube ich eher weniger.«

Schlagartig wurde George bewusst, in welcher Gefahr er Sophia mit seiner Enthüllung nun vielleicht gebracht hatte. »Hören Sie«, sagte er beschwichtigend, »im Grunde ist es ja nur eine Theorie, eine Theorie eines verrückten alten Mannes. Und wir zwei können die Welt sowieso nicht ändern also haken Sie besser nicht länger nach, vergessen Sie die ganze Angelegenheit und leben Sie ihr Leben so gut es geht weiter. Vertrauen Sie mir, es ist besser so.« Er sah ihr ernst in die Augen.

Sophia lächelte sarkastisch. »Sie haben leicht reden. Sie verlieren ja auch nicht nach und nach Ihren Verstand.« Sie seufzte. »Irgendeine Lösung muss es doch geben, irgendein Heilmittel. Einfach irgendetwas. Aber dafür muss ich erst einmal herausfinden, was überhaupt genau mit mir geschehen ist. Und dazu muss ich mehr über die Hintermänner erfahren. Verstehen Sie, ich habe gar keine andere Wahl. Und außerdem will ich jetzt endlich die Wahrheit erfahren. Ich habe es verdient, die Wahrheit zu erfahren. Oder sehen Sie das etwa anders?«

Georges Blick ruhte besorgt auf der ihm mittlerweile allzu vertrauten Journalistin als sie sich verabschiedeten. »Passen Sie um Himmels willen bloß gut auf sich auf!«, hatte er ihr zum Abschied mit seiner tiefen, bärigen Stimme zugeraunt. Zuvor hatte er sich aber noch mehrfach versichert, dass seine Identität auch wirklich geheim blieb. Sie hatte ihm diesbezüglich ihr Wort gegeben.

Kaum war George gegangen eilte Sophia zu ihrem Laptop und verband sich erst einmal mit dem Internet. Plötzlich war sie wieder hellwach. Sicherheitshalber nahm sie aber noch schnell eine Kopfwehtablette.

Schon die vierte heute, grübelte sie vor sich hin. Die Suche nach der Firma die er ihr genannt hatte, Ermatron, verlief im Sande. Anscheinend hatte sich das Unternehmen, das als Tätigkeitszweig nur lapidar biotechnologische Forschung und Entwicklung angegeben hatte, vor einigen Monaten aus unbekannten Gründen wieder aufgelöst. Die Suche nach diesen ominösen Herrn Njmoro blieb ebenfalls ohne jedes Ergebnis.

Wer weiß, ob das überhaupt sein richtiger Name war. Sollte es wirklich etwas mit Geheimdiensten zu tun haben, werden die sicher Decknamen benutzt haben, das weiß ja nun wirklich jeder, dachte Sophia bei sich. Sie schloss genervt die Augen und versuchte zu entspannen. »Es hat etwas mit Mind Control zu tun«, hallte plötzlich Georges Stimme in ihrem Kopf. Schlagartig öffnete sie die Augen. Das war es: Mind Control. Irgendwo hatte sie den Begriff früher schon einmal gehört oder gelesen. Hastig tippte sie die beiden Worte in die Suchmaschine und tatsächlich: Sagenhafte 102.000.000 Ergebnisse wurden zu diesem Begriff angezeigt. Gespannt begann sie einige der Verlinkungen zu lesen, doch einige Stunden später hatte sie zwar viele neue Verschwörungstheorien kennengelernt und noch mehr Beschreibungen über dieses Thema gelesen, doch irgendwie passte nichts davon so wirklich zu ihren eigenen bisherigen Erfahrungen. Überhaupt mutete ihr das ganze Thema zunehmend seltsam und unwahrscheinlich an. In Sophia verfestigte sich das Gefühl, wieder einmal in eine Sackgasse geraten zu sein. Das einzig Positive daran war, dass sie schließlich irgendwann vor lauter Erschöpfung einschlief. Die Nacht verlief unruhig, genauso wie die Nächte zuvor. Wieder war da dieser Eisbär und wieder forderte er sie auf, ihm zu folgen. Nur dass die Reise sie dieses Mal in ein riesiges Wirrwarr aus Begriffen und Bildern, Gerüchen und Geräuschen führte.

Am nächsten Morgen hatten sich ihre Kopfschmerzen nur noch weiter verstärkt und irgendwie war ihr auch ganz schön schwindelig. Überhaupt war Sophia noch wesentlich ratloser als die ganzen Tage zuvor. Also begann sie den Tag erst einmal damit, sich in ihrer Redaktion krankzumelden. Als sie ihr Smartphone wieder einschaltete, erwarteten sie anderthalb Dutzend Nachrichten und Anrufe. Die meisten stammten von Big Boss. »Geht es Ihnen gut? Ich mache mir Sorgen, bitte melden Sie sich«, war der Grundtenor. Wie peinlich, in der ganzen Aufregung hatte sie komplett darauf vergessen, ihr Handy wieder einzuschalten. Sie antwortete mit einem knappen »Es geht mir gut, danke. Ich bin krank und melde mich morgen, versprochen.« Nach dem Vorfall am Vortag hatte sie nun wirklich so gar keine Lust, ihren Kollegen über den Weg zu laufen. Außerdem brauchte sie ein wenig Zeit, um ihre

Gedanken zu ordnen. Doch wo anfangen? »Kommen Sie in den Zoo, besuchen Sie unsere Eisbären«, tönte ihr alter Freund der Fernseher. Sophia horchte auf. Langsam wunderte sie schon gar nichts mehr. »Na gut, wenn du meinst? Dann gehe ich eben wieder einmal in den Zoo und besuche dort die Eisbären«, antwortete sie laut in einem belustigten Ton während sie Maus etwas Katzenmilch hinstellte. Ihr Handy klingelte. Verwundert sah Sophia, dass Frank-Xavier versuchte sie zu erreichen. Genervt drückte sie den Anruf weg. Sie hatte keine Lust darüber zu reden. Sie wollte am liebsten alles verdrängen und Ende. Maus leckte ihre Katzenmilch in Zeitlupe. Ein paar Mal Augenzwinkern und alles war wieder normal. Ja. Ich glaube das wird wohl eine längere Pause, dachte Sophia bei sich.

Wieder meldete sich ihr Smartphone. Ihr Chef hatte ihr eine Nachricht geschickt. Sie lautete: »Entweder Sie machen noch heute das Interview, wie Sie es mir gestern versprochen haben oder Sie können sich als fristlos entlassen betrachten und ich sorge persönlich dafür, dass Sie in dieser Branche niemals wieder Fuß fassen werden. Ihre Entscheidung. Grüße, Frank-Xavier.«

Sophia schnaufte entrüstet und machte sich daran, eine passende Antwort zu schreiben. Das konnte ja wohl nicht wahr sein. Sie ließ sich ganz sicher nicht von ihm erpressen, da war er an die Falsche geraten. Während sie noch an der perfekten Formulierung für ihre Antwort feilte piepste ihr Handy erneut. »Hören Sie, es tut mir ehrlich leid, dass es Ihnen derzeit nicht gut geht. Aber glauben Sie mir, weiterzuarbeiten wird Ihnen ganz sicher guttun. Also hören Sie auf mich und genießen Sie die Ablenkung. Ihr Frank-Xavier.«

Das klang ja schon deutlich versöhnlicher. Und irgendwie klang es auch sehr vernünftig, schließlich mochte sie ja ihre Arbeit und daheim zu grübeln brachte sie auch nicht wirklich weiter. Überhaupt war es vermutlich wirklich am klügsten, Georges Rat zu befolgen und die ganze Sache ad acta zu legen. »Was meinst du Maus?« Die Katze schnurrte und schmiegte sich zuerst an ihr Bein und dann an das noch halbvolle Fläschchen mit der Katzenmilch. Sophia musste lachen. Wenn das mal kein Statement war. »Ist gut, ich liefere Ihnen das Interview«, schrieb sie zurück. Dann ergänzte sie noch rasch ein kurzes »Grüße an alle.«

»Wunderbar, hier haben Sie die Adresse der nächsten Firma.«

Sophia lachte noch immer über Maus und öffnete den mitgeschickten Link. Dann wurde ihr schwindlig. Es war der Laden für Didgeridoos, den sie im Zusammenhang mit dem mysteriösen Eisbärenlogo gefunden hatte. Sie erkannte die Website sofort. Bestürzt warf sie das Handy auf die Küchenplatte und ging nervös auf und ab während sie ihre Hände hastig hin und her bewegte. Dann schnappte sie sich eine Karotte, ein Brett und ein Messer und begann hektisch, diese in kleine Scheiben zu schneiden. »Das ist nicht wahr, es ist alles in Ordnung, alles ist ganz normal«, sagte sie immer und immer wieder in der Hoffnung, es irgendwann selbst zu glauben. Aufgewühlt zerstückelte sie eine Karotte nach der anderen. Das Messer in ihrer Hand bewegte sich immer schneller, es schien regelrecht zu fliegen. Als Sophia das rasante Tempo bemerkte, legte sie instinktiv ihre linke Hand auf die Hand mit dem Messer. »STOP!«, herrschte sie laut und schloss die Augen. Als sie die Augen wieder öffnete war wieder alles normal. Beunruhigt trank sie erst einmal ein kaltes Glas Wasser.

Es musste eine vernünftige Erklärung für das alles geben, da war sich Sophia sicher. Vielleicht steckte ja ihr Boss dahinter. Aber andererseits interessierte er sich so gar nicht für solche Dinge, eher noch für ungewöhnliche Menschen, verrückte Ideen. Insofern passten die von ihm ausgewählten Firmen sehr gut in sein Grundkonzept. Die Werbeagentur, der Gärtnereibedarf und jetzt der Didgeridoo Laden: Alle drei Firmen hatten eines gemeinsam. Sie waren oder taten etwas Ungewöhnliches, sie waren nicht Mainstream. Ja, vermutlich war das auch schon des Rätsels Lösung für die Auswahl, folgerte Sophia und atmete neuerlich tief durch. Wie dem auch sei, offensichtlich war in diesem Geschäft der nächste Hinweis zu finden. Und dem würde sie nun nachgehen. Angespannt griff sie nach ihrem Mantel und irgendeinem halbwegs dazu passenden Schal. Dann schloss sie die Türe hinter sich.

Kapitel 9

Nachdenklich recherchierte sie noch einmal auf der Website des Didgeridoo Geschäfts, während das Taxi sie zur genannten Adresse chauffierte. Selbst mit dem Auto zu fahren war ihr derzeit dann doch zu riskant. Die Website verriet, dass die alten Aborigines wohl anscheinend glaubten, dass die Klänge des Didgeridoos exakt jenen Vibrationen der Regenbogenschlange entsprach, die diese erzeugte, als sie die Berge und Täler Australiens formte. Die Regenbogenschlange stand dabei für die Weisheit. Ein schöner Gedanke, resümierte sie nachdenklich.

Ihr Smartphone verriet ihr außerdem, dass der Laden heute von neun bis achtzehn Uhr geöffnet hatte. Ihr Ziel befand sich am anderen Ende der Stadt. Sophia sah auf die Uhr. Jetzt war es kurz nach halb neun. Sie konnte es kaum erwarten endlich an ihrem Ziel anzukommen und hoffentlich weitere Antworten zu erhalten. Ihr Instinkt war wieder geweckt. Die Jagd war eröffnet. Ab jetzt war es etwas Persönliches.

Als sie endlich an der genannten Adresse ankam war sie zunächst überrascht. Das kleine Geschäft lag versteckt in einer kleinen Seitengasse. Ein überdimensional wirkendes Didgeridoo, das neben einem bunt bemalten Aufsteller lehnte, verriet den im Kontrast dazu direkt unauffällig und bescheiden wirkenden Eingang zum Geschäftslokal.

Neugierig geworden trat sie ein. Wie erwartet umschlang sie umgehend eine bunte Mischung aus allen möglichen bunten Farben. Es roch nach feuchtem Holz, nach Zuckerrohr, nach Räucherwerk und interessanterweise auch dezent nach Curry. Vor ihr umschmeichelten sich Unmengen von gestrickten, kunterbunten Mützen auf einer kleinen Kommode aus exotisch anmutendem, dunklem Holz. Daneben stand eine riesige blaue Wasserpfeife. Alles in dem Laden war in ein wundervolles Durcheinander getaucht, welches dennoch auch gleichzeitig eine einzigartige Harmonie vermittelte. Es wirkte einfach richtig stimmig. Von der Decke hingen lose mehrere Fischernetze, in welchen sich alle möglichen Plastikfische tummelten. Wie gebannt versuchte sie vergebens, sich an all den Eindrücken satt zu sehen. Mehrere fahle Lichtfäden kämpften sich entschlossen durch die beiden, an einer Seite des Raumes befindlichen, Lichtschächte herein und tauchten alles in ein weiches, mysteriöses Leuchten. Es hatte etwas wahrhaft Magisches, als wäre dieser Laden ein allerletztes Relikt aus einer lange verloren geglaubten Welt. So verwunderte es Sophia auch gar nicht weiter, als hinter einer lose angelehnten

Eingeborenenmaske plötzlich ein Gesicht hervortauchte.

»Oh hey hallo und sorry. Ich habe dich gar nicht gesehen, sorry echt. Kann ich helfen, kann ich?«, lachte ihr ein freundliches Gesicht entgegen.

Der Mann rappelte sich hoch. Er war nicht sehr groß, etwa nur so groß wie sie selbst. Und Sophia war gerade mal einen Meter fünfundsechzig groß. Doch seine Erscheinung schien auf den ersten Blick so gar nicht zu dem Laden zu passen. Mit seiner dicken, altmodischen, schwarzen Hornbrille sah er eher aus wie ein Buchhalter. Und doch schien sie irgendwie im Einklang zu stehen mit seinem trockenen und doch gleichzeitig auch spitzbübischen Blick. Als er weiter ins Licht hervortrat musste sie unwillkürlich schmunzeln. Er trug doch tatsächlich einen etwas zerfleddert wirkenden Nadelstreifenanzug wie man ihn aus dem Lateinamerika der alten Filme kannte. Kombiniert hatte er diesen mit einem schlecht gebügelten gelblichen Hemd, auf welchem eine Krawatte mit der Flagge Australiens thronte. Sein Haar hatte er – wohl ebenfalls ganz im Stil Lateinamerikas – mit extra viel Haargel auf eine Seite gezwungen, was sein eher kindlich wirkendes Gesicht noch weicher wirken ließ. Der absolute Hammer aber waren seine Schuhe. Es waren blitzblaue Sportschuhe mit khakifarbenen Schnürsenkeln. Der Mann sah sie weiterhin erwartungsvoll an. Sophia konnte sich ob des

Anblicks nicht mehr halten und kicherte einfach darauf los. Der Blick ihres Gegenübers veränderte sich in den Ausdruck zutiefst verdattert. Gerade so schaffte sie es schließlich, ihr Kichern in einen vorgetäuschten Hustenanfall umzulenken. Als sie sich endlich wieder gefangen hatte sagte sie: »Ach geht schon, ich sehe mich nur mal um. Sie handeln also mit Didgeridoos?«

»Unter anderem«, antwortete er seiner Kundin fröhlich. »Wir haben Waren aus allen Teilen der Welt, von überall her, von überall. Zum Beispiel ... Warten Sie .... .« Sichtlich aufgeregt ging er zu einer altmodischen Anrichte, öffnete sorgsam die müde knarrenden, verglasten Flügeltüren und holte vorsichtig ein kleines, hölzernes Kästchen hervor. Die Malereien, die es zierten, erinnerten an den Orient vergangener Tage. Behutsam stellte er es auf einem kleinen Tisch ab und öffnete es. »Sehen Sie«, sagte er nicht ohne einen gewissen Stolz, »Das hier zum Beispiel, das hier ist ein originaler Armreif aus echtem Gold, hier, sehen Sie nur die Verzierungen darauf, hier die Verzierungen. Wissen, Sie, genau genommen stammt er ja von einem der ausgestorbenen Stämme Vorderäthiopiens, ein Original.«

»Ist nicht wahr und welcher Stamm ist das?«, fragte Sophia skeptisch.

Er sah sie kurz verdutzt an. Augenblicklich wandelte sich sein Blick jedoch erneut.

»Den Namen würden Sie nicht verstehen, der ist nämlich für uns Europäer viel zu fremd, ist er, viel zu fremd. Ich könnte ihn deswegen auch gar nicht richtig aussprechen, könnte ich nicht. Sie sehen also, es wäre völlig zwecklos, völlig zwecklos.« Er fasste mit der rechten Hand an den dicken Rahmen seiner Brille und schob sie wissend nach unten. Dann sah er sie treuherzig an. Sophia musste wieder lachen. »Wissen Sie, er gehörte einer Königin, gehörte er. Das ist eine Tatsache, eine absolute Tatsache.« Seine Augen funkelten regelrecht vor Stolz.

»Verstehe«, sagte sie und schmunzelte, »Das mit der Sprache ist natürlich in der Tat ein Problem. Aber ich gebe zu, Sie haben mich neugierig gemacht. Kommen Sie, heraus mit der Sprache. Was haben Sie noch?«

»Oh, ich habe viel, sehr viel, was soll ich nur zuerst, soll ich.« Gespannt wie am Weihnachtsabend beobachtete sie, wie ihr Gegenüber sich erneut sichtlich aufgeregt umsah. Wie ein Kind, das nicht recht weiß, was es zuerst herzeigen soll, dachte sie amüsiert und wartete ungeduldig auf die nächste Sensation. Nach einer gefühlten Ewigkeit schien er sich dann doch noch erfolgreich für einen seiner Schätze entschieden zu haben. Hektisch öffnete er eine große Kommode, verschwand mit seinem Kopf in deren Inneren und begann ungeduldig darin zu kramen.

»Wie heißen Sie eigentlich? Nein, sagen Sie nichts, lassen Sie mich einfach raten. Hm. Ich wette, nein ich weiß«, theatralisch fasste er sich mit der Hand an die Schläfe, »Ihr Name ist Katharina, richtig? So wie Katharina die Große.«

Sophia musste erneut lachen. »Nein, mein Name ist nicht Katharina. Nicht mal ansatzweise. Mein Name ist Sophia. Und wie heißen Sie?«

»Och, mein Name ist ein Geheimnis, tut nichts zur Sache, ein Geheimnis eben. Aber so weit weg wie Sie denken war ich gar nicht, war ich nicht. Katharina die Große hieß nämlich ursprünglich auch Sophia, also ganz genaugenommen hieß sie Sophie nicht Sophia, aber das tut ja nichts weiter zur Sache, tut es nicht. Sie sehen, wer weiß was noch aus Ihnen wird, wer weiß was wird«, plauderte er weiter fröhlich vor sich hin während er weiter in seinen Schätzen kramte. Fasziniert beobachtete Sophia staunend, wie er dabei alle möglichen wunderlichen Dinge aus den Tiefen hervorholte. Dann hielt er plötzlich inne. Er schien gefunden zu haben, was er suchte.

»Hier, hier drin muss es sein. Muss es. Das habe ich doch erst neulich gesehen, erst neulich. Da, da ist es ja, da ist es. Hier!« Strahlend hielt er ihr ein bunt besticktes, etwas grobes Stück Tuch entgegen.

Vorsichtig nahm sie es entgegen, fühlte die Stickerei und war überrascht. Der Stoff fühlte sich deutlich glatter als erwartet an. Das Tuch zierte eine Blumenkette, deren unregelmäßiger Verlauf verriet, dass es wohl handgestickt war. »Ist ja hübsch, was ist das?«

»Das«, sagte er andächtig, « das ist etwas ganz Besonderes, ganz Besonders. Damit wurden in früheren Zeiten die magischen Steine der Ureinwohner Südamerikas poliert, poliert wurden sie. Der Staub, der sich dadurch löste, verteilte sich auf den Feldern und sorgte für eine reiche Ernte, sorgte er. Das musste aber bei einer ganz bestimmten Konstellation von Mars, Sonne und Venus geschehen, musste es. Sonst war es nämlich unwirksam oder zerstörte sogar die Steine und damit hätte es unter Umständen auch das gesamte Universum zerstört, hätte es. Mal sehen vielleicht finde ich ja noch etwas zu diesem Thema, wenn es Sie interessiert, es ist ja wirklich interessant, ist es.« Er kramte weiter in der Kommode. Dann holte er eine ovale Servierplatte hervor. Allerdings hatte er alles um ihn herum derart vollgestellt, dass er unmöglich noch einen Platz für die Platte hätte finden können. »Könnten Sie das bitte kurz halten, wären Sie so nett, wären Sie das?«

Lachend nahm sie die Servierplatte entgegen. Dann erstarrte sie. Auf der Servierplatte räkelte sich ein großer weißer Eisbär und sah sie freundlich an. »Woher haben Sie diese Platte?«

»Welche ist es denn genau?« Er richtete sich auf und sah sich die Platte genauer an. »Ach ja, die. Keine Ahnung, ich glaube ich habe sie vor einigen Jahren auf dem Flohmarkt gekauft, gekauft habe ich Sie, ja das habe ich. Was ist, haben Sie Interesse, sie zu kaufen, wollen Sie? Ich mache Ihnen auch ganz sicher einen guten Preis, einen sehr guten Preis.«

»Nein danke«, antwortete Sophia. »Und der Eisbär auf ihrer Website?«

»Da ist ein Eisbär drauf, echt, ein Eisbär? Ehrlich gesagt, ich habe es nicht so mit diesem ganzen modernen Kram, Ich habe lieber die alten Dinge. Die Website hat irgend so eine Webdesignerin entworfen, ja das hat sie. Ich weiß ehrlich gesagt nicht einmal mehr, wie die Frau genau hieß, wie die Webdesignerin hieß. Aber was meinen Sie, wollen Sie nicht doch diese wunderschöne, garantiert antike Servierplatte kaufen, wollen Sie? Ich mache Ihnen wirklich einen sehr guten Preis, einen wirklich spitzenmäßigen Preis. Übrigens das Polieren der Steine musste unbedingt untertags um genau zwei Minuten vor zwölf geschehen, genau um zwei Minuten vor zwölf. Sonst wäre die Welt zerstört worden, unweigerlich zerstört worden. Wobei - Natürlich weiß das aber keiner mehr so ganz genau, weiß keiner. Hat ja schließlich noch keiner so wirklich ausprobiert, hat keiner. Sonst gäbe es unser Universum ja nicht mehr, schon lange nicht mehr. «

»Das hätten die Steine gekonnt?«, fragte Sophia belustigt und senkte dabei mit einem fragenden Blick leicht den Kopf.

Ihr Gegenüber nickte voller stummer Andacht. Sophia rückte näher und beugte sich zu ihm.

»Wie?«, hauchte sie ihm staunend und gespannt entgegen. Der wunderliche kleine Mann sah sich vorsichtig um. Es schien als überlegte er angestrengt, ob er tatsächlich weiterreden sollte. Schließlich aber fasste er sich doch ein Herz, rückte ebenfalls näher und setzte seine Erzählung flüsternd fort: »Also es ist so, es gibt da so eine alte Legende, eine Legende.«

»Lassen Sie mich raten, von einem alten Inkavolk, dessen Namen aber dummerweise niemand mehr weiß, richtig?«, fragte Sophia mit einem amüsierten Tonfall.

»Ganz genau. Na, jedenfalls diese spezielle Legende besagt, dass die Steine, es waren insgesamt vier, aus dem inneren Zentrum der vier größten Berge in der Umgebung stammten, aus dem Zentrum. Naja, und wenn man sie zerstört, dann, so sagte man zumindest in diesem verschollenen Volk, also in dem Volk, welches die Steine ursprünglich bewachte, dann zerstört das eben auch alles damit Verbundene und damit natürlich auch die Gebirge rund um das Tal, in dem diese Menschen lebten, verstehen Sie was ich meine, verstehen Sie?«

Er rückte noch näher und sah ihr noch etwas tiefer in die Augen. »Verstehen Sie, was ich sagen will, dass ist wesentlich, dass sie es verstehen. Das Eine beeinflusst das Andere und das Andere das Eine. Verstehen Sie das?« Seine Stimme hatte einen eindringlichen Tonfall angenommen. Alles Spitzbübische war aus seinem Gesicht gewichen. Sein ernster Blick fixierte sie regelrecht. »Verstehen Sie es?«

Langsam fühlte sich die erfahrene Journalistin ernsthaft bedroht.

»Ja, ja ich verstehe. Ich verstehe schon«, beschwichtigte sie hektisch und wich instinktiv ein Stück zurück. Hastig sah sie nach der Tür.

»Gut!«, antwortete er mit bedeutungsschwerer Miene. »Das ist wichtig. Vergessen Sie es nicht. Vergessen Sie es niemals.«

»Ja ja, ist schon gut, werde ich nicht. Alles ist gut«, beeilte sich Sophia zu beteuern.

»Na dann ist ja alles in Ordnung, in Ordnung ist es.«

Sophia stutzte und drehte sich überrascht zu ihm um. Dann zögerte sie einen kurzen Moment. Konnte das wahr sein oder bildete sie es sich etwa wieder nur ein? Er schien ihren misstrauischen Blick bemerkt zu haben und sah sie verwundert an. Dann drehte er sich rasch um, wandte ihr den Rücken zu und machte er sich umso hektischer daran, den nun lose umher liegenden Krims Krams in die Kommode zu zurück zu schlichten. »Wissen Sie, das ist nicht alles was ich habe, was ich habe, ich habe wirklich viele wunderliche Sachen, viele Sachen, aus aller Welt, aus wirklich aller Welt, aus wirklich aller Herren Länder, aus allen. Und Herrinnen versteht sich, versteht sich.« Nun hatte sie Gewissheit. Aber war es wirklich klug, es auch tatsächlich anzusprechen? Nervös sah sie neuerlich zur Tür während der Ladenbesitzer weiter vor sich hinmurmelte.

Es half nichts. Sie brauchte Antworten. Schließlich fasste sich die Journalistin daher ein Herz, atmete tief durch, straffte die Schultern, ging mit betont erhobenen Haupt entschlossen erneut einige Schritte auf den Mann zu. Dann sah sie ihn lange und prüfend an.

Kapitel 10

»Was ist hier eigentlich los?«, fragte sie schließlich nach einer taktischen, ihr selbst endlos erscheinenden Pause. Sophia erschrak über den tiefen, ernstklingenden Tonfall ihre Stimme. Auch ihr Gesprächspartner erstarrte, drehte sich aber nicht um. Er schien für einen kurzen Moment wie erstarrt. Nachdenklich beobachtete Sophia, wie seine beiden Ellenbogen sich nach hinten schoben während er die Arme anwinkelte. Dann legte er behutsam einen kleinen, in sanften Blautönen gehaltenen Teppich auf die Kommode. Es war als hörte sie sein tiefes Atmen, als sein Rücken sich mehrmals stark ausdehnte. Dann drehte er sich langsam zu ihr um. Sie sah ihn bestimmt an.

»Was ist hier los. Sagen Sie es mir.« Er sah sie fragend an und wirkte wie ein kleines Kind, dass gerade bei etwas Verbotenem erwischt worden war.

»Sie hatten plötzlich aufgehört, sich in jedem Satz zu wiederholen«, konfrontierte sie ihn mit ihrer Beobachtung.

Der Mann schloss für einen kurzen Moment die Augen. Dann öffnete er sie wieder und sah sie nachdenklich an. »Sie stellen die falschen Fragen meine Liebe.« Der sanfte Ton in seiner Stimme bildete einen deutlichen Kontrast zu dem ernsten Ton in seinem Gesicht. Hatte vorhin noch alles an ihm stimmig und in sich schlüssig gewirkt so erschien es ihr nun unstimmig und konträr, um nicht zu sagen widersprüchlich.

Auch Sophia sah ihn nachdenklich an. »Was meinen Sie damit?«, fragte sie schließlich. »Was wäre denn die richtige Frage?«

»Die richtige Frage?«, wiederholte er mit einem sarkastischen Lachen und drehte dabei spöttisch den Kopf zur Seite. »Die eine richtige Frage, wer weiß sie schon. Wer weiß, ob es sie überhaupt gibt. Ob man überhaupt die Antwort darauf wissen will, wissen kann. Aber wie auch immer.« Er stutzte. Dann sah er sie an. »Es hat bereits begonnen, nicht wahr? Das sehe ich in Ihren Augen. Es ist also wahr. Wer weiß, vielleicht ist ja das der Weg, die Antwort. Die Antwort auf die eine, wahre Frage.«

Verzweifelt versuchte Sophia, irgendetwas Verwendbares aus dieser Aussage herauszufiltern.

Er atmete neuerlich ruckartig ein und machte dabei ein hartes, verbittert klingendes Geräusch. »Sie haben echt keine Ahnung was hier abgeht, oder Kleine?« Er schien ihre Verwirrung bemerkt zu haben und sah sie nun beinahe mitleidig an. Sophia sammelte sich wieder und legte neuerlich behutsam ihre Hand auf seinen Arm. Dann fragte sie erneut und versuchte dabei möglichst sanft zu klingen. »Was ist hier los? Bitte.« Das Mitleid in seinen Augen verstärkte sich. Doch er schwieg. Sophia senkte den Kopf. Wieder nichts. Die Enttäuschung trieb ihr beinahe die Tränen in die Augen. Was war sie nur neuerdings für eine Heulsuse? Aber wie auch immer. Es war wohl sinnlos, er wollte offensichtlich nicht reden. Sie nahm ihre Handschuhe, die sie auf einen der Tische gelegt hatte und ging wieder Richtung Tür. Plötzlich fragte er: »Schlafen Sie eigentlich schlecht neuerdings? Haben Sie wirre Träume, hat sich ihre Wahrnehmung verändert und scheint die Zeit, oder besser gesagt die Materie neuerdings irgendwie verrückt zu spielen? So als wäre die Zeit tatsächlich relativ?«

Sophia erstarrte. Dann drehte sie sich langsam zu ihm um. Spielte er etwa irgendein Spiel mit ihr? Sie beschloss noch einen letzten Versuch zu starten. Gerade als sie erneut fragen wollte, was in aller Welt hier eigentlich los war, verstand sie. Es war die falsche Frage. Denn im Grunde war es nicht dass, was sie wirklich wissen wollte, was sie wirklich wissen musste, was für sie wirklich im Zentrum der Frage stand. Sie schloss die Augen und atmete tief durch. Dann sah sie neuerlich in seine ernsten, nun aber sanften und geduldigen Augen.

»Was kann ich tun?«, fragte sie schließlich. »Das ist die Frage die ich eigentlich stellen sollte, nicht wahr?

Also was kann ich tun?«, wiederholte sie ruhig und selbstbewusst. Sie wusste, sie hatte ihre Frage gefunden. Zumindest die Frage für diesen Moment, dachte sie still bei sich.

Der Mann lächelte sanft und wirkte zufrieden. Dann rückte er liebevoll näher. »Ja. Das ist die richtige Frage. Zumindest für diesen Moment, aber das reicht vollkommen«, wiederholte er sanft ihre Gedanken.

»Woher ....«, begann sie die Frage, nicht sicher ob sie die Antwort auch tatsächlich hören wollte.

»Eine lange Geschichte«, antwortete er ausweichend. Erneut sah er Sophia nachdenklich an. Dann, völlig unerwartet, trat er einige Schritte zurück, stützte sich mit seinen klobigen Händen auf dem kleinen Tischchen hinter sich ab und räusperte sich erst einmal ausgiebig. Das laute Geräusch, das die Stille durchbrach, hatte etwas Unangenehmes, Bedrohliches. Zumindest empfand Sophia das so. Endlich schien er mit dem Räuspern fertig zu sein. Er atmete tief und laut hörbar durch. »Sehen Sie es ist so. Sie haben vollkommen recht. Was kann ich tun, das ist die Frage die Sie derzeit stellen müssen, die Frage die Sie weiterbringt, die Ihnen momentan weiterhilft. Das was Ihnen hilft, Ihr Problem zu lösen, es zu kontrollieren. Das heißt, sofern Sie sich auch tatsächlich darauf einlassen oder besser gesagt, sofern Sie auch tatsächlich bereit und in der Lage sind, sich darauf einlassen zu können. Doch die Frage hat noch eine ganz andere Dimension. Eine, die weit über Ihre eigene Situation hinausgeht. Doch hier und jetzt stellt sich vor allen Dingen die Frage, ob Sie überhaupt etwas tun wollen, oder besser gesagt, ob überhaupt etwas getan werden muss, werden sollte. Aber wie auch immer es nimmt sowieso alles seinen Lauf. Hier, ich habe etwas für Sie.« Er ging zu einem Bücherregal und holte ein zerfleddertes, antiquarisch aussehendes Buch heraus. »Ich denke, das wird Ihnen weiterhelfen. Aber nicht nur lesen, auch auf sich wirken lassen, in Ordnung?«

»Worum geht es in dem Buch?«, fragte Sophia stirnrunzelnd und nahm das Buch entgegen.

»Im Grunde um Konzentration. Es wird Ihnen guttun, Sie werden sehen.«

»Danke. Ich werde es mir ansehen.«

»Tun Sie das. Und vergessen Sie nicht: Das hier, das alles ist viel größer als Sie oder ich, viel größer als die, die ernsthaft glauben es kontrollieren zu können, größer als das Sein. Aber seien Sie gewiss: Alles wird gut, versprochen! «

»Was meinen Sie damit jetzt wieder? Etwa Gott ?«

»Wenn Sie es so nennen wollen. Sehen Sie, es ist doch so: Im Grunde sind wir doch alle nichts weiter als

Schachfiguren. Oder auch Marionetten, wenn Sie so wollen. Marionetten, Schachfiguren, die einfach nur ihre Rolle spielen und dabei meinen, es wäre in Wahrheit ihre ganz eigene Kreation. Aber wer weiß, vielleicht ist ja auch das gewollt.«

»Das ist doch lächerlich«, entgegnete Sophia. »Jeder trifft seine Entscheidungen selbst. Nur können nicht alle mit dieser Tatsache oder besser gesagt mit dieser Verantwortung auch wirklich umgehen und so erfinden sie alle möglichen Gründe, warum nicht sie selbst, sondern irgendjemand anderer oder irgendetwas anderes für Ihr Leben und Ihre Entscheidungen verantwortlich ist. Also suchen sie nach Etwas oder Jemandem, der ihnen sagt, wie sie leben sollen, der Ihnen hilft, zu entscheiden, welche Wahl die richtige ist, ja der ihnen sogar sagt, wer genau sie eigentlich sind. Etwas oder jemand das oder der Ihnen hilft, sich selbst zu definieren. So sind die Religionen entstanden. Sind wir ehrlich, ganze Berufszweige leben im Grunde doch nur von der Unselbstständigkeit der Menschen oder besser von ihrer Unwilligkeit, Verantwortung für ihr eigenes Leben zu übernehmen.«

Der seltsame kleine Mann hatte sich mit verschränkten Armen und überkreuzten Beinen an die Kommode angelehnt und beobachtete sie nachdenklich.

»Interessanter Ansatz. Also reden sich die Menschen selbst nur ein, willenlose Objekte zu sein, weil sie es ablehnen, Verantwortung für ihr eigenes Leben zu übernehmen, ihre eigenen Entscheidungen zu treffen?«

»Im Grunde ja.«

»Interessant. Was denken Sie, ist die Ursache dafür?«

Sophia überlegte. »Ich denke es ist Angst. Schlicht und ergreifend Angst.«

»Wovor?«

»Vor dem Leben. Aber es ist ja auch durchaus verständlich, schließlich macht das Leben einfach oft Angst. Ich meine man muss nur einmal die Nachrichten anschauen. Die ganzen Naturkatastrophen und so. Klar, dass die Menschen da nach einem Halt suchen.«

»Manchmal ist einen Halt zu geben bereits eine Form von Hilfe. Und manchmal bedeutet es Halt, dass die Hilfe überhaupt angeboten wird. Oder sie zumindest für möglich angesehen wird«, führte er ihren Gedanken weiter.

»Und häufig, eigentlich immer bedeutet es einen ungeheuren Mut, sich diese Hilfe auch tatsächlich zu holen. Einen Mut, der oft erst dadurch entsteht, dass es diese Dinge überhaupt bereits gibt«, vollendete Sophia den Satz nicht ohne einen Unterton der Bewunderung.

»Aber es gibt auch genug von der Sorte, die die Leute ausnehmen oder noch schlimmer, in die Irre führen«, ergänzte sie nach einer kurzen Pause.

»Stimmt. Also verbieten wir sie?«

Sie seufzte genervt. »Ich weiß schon, dass nicht alle so sind. Manche wollen ja wirklich nur helfen. Oder vielleicht auch viele. Ach keine Ahnung.«

Ihr Gegenüber hatte wieder angefangen, seine Sachen in die Kommode zurück zu räumen. Nun drehte er sich wieder zu der jungen Frau um. »Na dann. Dann haben Religionen und Berater welcher Art auch immer also doch auch ihre Berechtigung im Gesamtsystem«, lächelte er.

Sophia ignorierte den Einwand. Sie hasste es, wenn jemand, mit dem sie gerade debattierte, Recht hatte. »Also geht es letztendlich nur darum, die Angst zu überwinden? Sei es jetzt die Angst vor dem Leben oder auch davor, sich Hilfe zu holen? Bei beiden Dingen seinem eigenen Urteilsvermögen zu vertrauen?«

Er lächelte erneut. Dann nickte er. »Bei allen Dingen. Und dabei auch auf seine eigene innere Stimme zu vertrauen«, ergänzte er lehrend. Schwungvoll zog er einen Stuhl heran, drehte ihn um und setzte sich verkehrt auf ihn. Er verschränkte kurz seine Arme über der Lehne. Dann begann er, seine Jacke auszuziehen und die Ärmel seines blassgelben Hemdes hochzukrempeln.

»Ist halt nur nicht immer so einfach. Aber zumindest hat man somit immer eine Herausforderung im Leben, jeder ganz individuell. Und außerdem«, ergänzte ihr Gesprächspartner, »Wer sagt, dass es da draußen nicht doch noch etwas mehr gibt, einfach etwas Größeres, Weiseres. Etwas Allumfassendes. Wäre das wirklich so undenkbar?«

»Undenkbar nicht, aber wohl kaum beweisbar.«

»Touché.«

Zeit für einen Themenwechsel, dachte die Agnostikerin ungeduldig bei sich und tatsächlich tat er ihr auch prompt den Gefallen.

»Aber auch das ist doch im Grunde eine zentrale Frage: Definieren wir uns tatsächlich aus uns selbst heraus oder nur über die Rückmeldungen der anderen? Und definieren wir uns selbst tatsächlich immer wieder neu? Aber wie auch immer, es ist langsam spät. Was meinen Sie, vertagen wir unsere Diskussion? Ich finde sie nämlich sehr inspirierend. Das heißt, sofern Sie auch wollen.«

»Womit wir wieder am Ausgangspunkt wären.« Sophia lächelte ihm freundlich zu. Sie mochte diese Art von Gesprächen, sehr sogar.

»Stimmt, da haben Sie recht«, lächelte er ebenso freundlich zurück.

Die Journalistin runzelte erneut die Stirn. Irgendwie wurde sie aus diesem Gespräch trotz allem nicht wirklich schlau. Außerdem war da noch eine Sache ungeklärt.

»Und welche Rolle spielen Sie?« Nachdenklich sah Sophia ihr Gegenüber an und wartete.

Er betrachtete sie fragend.

»Sie wiederholen nicht mehr den letzten Teil ihrer Sätze. Und woher wussten Sie was ich vorhin dachte?«, ergänzte sie.

»Ach das, das war nur ein Zufall.«

»Was davon?«

»Beides.«

»Na dann.«

Ich würde unsere Diskussion gerne beizeiten fortsetzten, dachte sie.

»Nun dann bis zu unserem nächsten Austausch, mon chéri Mademoiselle«, antwortete er charmant und deutete einen Handkuss an. Sie sah ihn fragend an. »Beizeiten«, hauchte er ihr ins Ohr.

Dann sah er sie durchdringend und ernst an: »Und vergessen Sie nicht: Es liegt immer auch in Ihrer eigenen Verantwortung. Ob Sie die Dinge hinterfragen oder hinnehmen. Ob Sie ein freier Mensch bleiben oder ob Sie eine Schachfigur werden. Oder ist es bereits umgekehrt? Tja, das ist die Frage, nicht wahr? Aber ich meine es todernst: Vergessen Sie es nicht. Es liegt auch in Ihrer Hand, in jedermanns Hand. Doch der Weg dorthin geht nur über das Hinterfragen und damit sollten Sie besser niemals aufhören. Oder aber umgehend anfangen. Je nachdem von welcher Seite man es sehen will. Vergessen Sie das nie, denn das meine Liebe, das ist der Ausweg. Erst dann können Sie wahrhaft entscheiden, ob oder wem Sie folgen wollen. Erst dann sind Sie wahrhaft frei. Das ist, was viele der Religionen eigentlich lehren. Es geht um wahre Freiheit.«

Sophia fühlte die Tiefe dieser Worte, doch ihre Eindringlichkeit erschreckte sie. Dennoch prägten sie sich tief in ihr ein.

Danach redete er irgendetwas von einem dringenden Termin und drängte sie zur Tür hinaus, nicht ohne Sophia noch einmal darauf hinzuweisen, unbedingt das Buch zu lesen. Sie wollte es bezahlen doch lehnte er entschieden ab. »Es reicht mir vollkommen, meine eigene Rolle in diesem großen Spiel zu spielen«, entgegnete er. Dann schloss er den Laden hinter ihr ab und verschwand wieder im Dunkel des Ladens. Gerade noch so konnte sie sehen wie der selbsterklärte Technikfeind ein Smartphone zückte, um mit irgendjemandem zu telefonieren.

Kaum war sie wieder im Freien, überkam es Sophia siedend heiß. Sie hatte in der Aufregung komplett vergessen, das Gespräch mit dem Ladeneigentümer mit ihrem Diktafon aufzunehmen. Also setzte sie sich auf eine nahe Parkbank und machte sich schnell ein paar Notizen über das Gespräch und über die Eindrücke, die sie in dem Didgeridoo Geschäft gesammelt hatte. Dann postete sie noch schnell ein knappes: »Nun ist auch das dritte Interview für unsere große Serie über die neugegründeten Unternehmen abgeschlossen. Nähere Informationen folgen in Kürze. In diesem Sinne: Liebe Grüße an alle da draußen und bleibt online.« Sophia hoffte inständig, dass Big Boss Frank-Xavier dieses Lebenszeichen als Friedensangebot werten würde.

Doch nun ging es erst einmal in den örtlichen Zoo. Pfeifend machte sie sich auf den Weg. Das Gespräch mit dem Mann im Didgeridoo Geschäft hatte ihr sichtlich gutgetan.

Nur wenig später stand Sophia vor einem großen Freigehege. Zwei Eisbären tollten gerade munter durch das Wasser. Auf einmal unterbrachen die beiden ihr Spiel und sahen Sophia tief in die Augen. Ihr stockte der

Atem. Sollten sie etwa? Aber nein, die Eisbären wandten sich wieder ab und spielten nun hingebungsvoll mit einem Stück Eisscholle. Langsam aber sicher schnappst du jetzt aber wirklich über, dachte sie bei sich und lächelte verschmitzt. Dann atmete sie tief durch und machte es sich erst einmal in der Nähe des Eisbärengeheges gemütlich. Wie munter sie doch spielten. Fasziniert betrachtete die Journalistin die großen, schwarzen Pranken mit den imposanten Krallen, die zwischen den gelblich-weißen Fellbüscheln hervorlugten. Sie erinnerte sich einmal irgendwo gelesen zu haben, dass Eisbären eigentlich eine schwarze Haut besitzen. Der Anblick der Eisbärenpfote hatte etwas Faszinierendes. Überhaupt: Irgendwie gefiel es ihr hier. Es war so schön ruhig, keine Musik, keine Leute. Ein Wärter kam und kippte mehrere gefrorene Fische auf das Eis. Sophia musste lächeln als ihr das erste Gespräch mit George über die Eisbären, die Fische und die Kälte einfiel. Na bitte, da hatte der alte Zausel also doch recht. Stimmt ja sogar wortwörtlich, schmunzelte sie und grinste dabei belustigt vor sich hin.

Irgendwie war ihr diese ganze Geschichte gerade einfach nur herrlich egal. Sichtlich amüsiert beobachtete sie, wie der eine Eisbär nun damit begann, einen der Fische zusammen mit irgendwelchen Resten einer Pflanze unter die abgebrochenen Reste einer Eisscholle zu schieben. Dann schlug er mit seiner mächtigen Pranke auf die Eisplatte. Dieses zerbrach mit einem erschöpften Knirschen und umgab nun den Fisch und das Grün wie eine behagliche Decke. Und über all dem wachte der Eisbär, der nun erneut seine Pranke hob und nochmals ausholte. In diesem Moment stand die Zeit für Sophia auf einmal neuerlich still. Vor ihren Augen tauchten alle Personen der letzten Woche wieder auf, Dr. Uthenthal, der selbstbewusst die rechte Hand an das Revers seines teuren Anzugs legte, der lustige kleine Didgeridoo Verkäufer, der sie wissend ansah, die salopp gekleidete Inhaberin der Firma für Gärtnereibedarf, ihr bedrohlich wirkender Angestellter, sogar George war mit von der Partie. Dazwischen tauchten alle möglichen Eindrücke der letzten Tage auf und reihten sich unter das Bild. Langsam verblasste das Bild. Bewusst ließ Sophia sich tiefer in ihren Tagtraum hineinfallen. Den Rat ihres letzten Gesprächspartners befolgend versuchte sie dabei aber, sich voll und ganz auf diesen einen Moment zu konzentrieren. Und da war es auch schon wieder, das ungewöhnliche Logo mit dem Eisbärengesicht. Sophia konzentrierte sich noch intensiver. Plötzlich war sie nun selbst mitten im Geschehen, wobei die Bilder jetzt aber um sie herumzutanzen schienen. Schließlich wurden die Bilder langsamer und kamen schlussendlich zur Ruhe. Dann überlappten sie einander und lösten sich daraufhin solange auf, bis schließlich nur mehr der Eisbär übrigblieb.

Und da verstand sie es. Sie verstand, dass die Firmen in Wahrheit gar keine Sackgassen waren, sondern eigentlich sehr wohl zusammenhingen. Dass alles zusammen in Wahrheit ein großes Ganzes bildete, gemeinsam gesteuert nur zu einem einzigen, übergeordneten Zweck. Sie verstand, dass man ein Programm brauchte um das System zum Laufen zu bringen, eine Kühlung um jedes einzelne Mikrofiche zu kühlen, Mediziner, Techniker und sonstige Wissenschaftler, die all das mitentwickelten und planten und dann natürlich vor allen Dingen eine Marketingagentur, die die neue Erfindung auch in weiterer Konsequenz entsprechend vermarktete. Aber wer steckte wohl dahinter? Hatte George mit seiner Vermutung etwa wirklich recht? Nein, nicht irgendwelche Regierungen oder Geheimgesellschaften hatten dieses Programm entwickelt, es war eine private Firma. Es war sicher ein Produkt aus der Wirtschaft. Etwas, dass in den Menschen den Wunsch weckte, Dinge zu kaufen noch bevor sie überhaupt noch von deren Existenz wissen können. Ganz so, wie es ihr der Psychologe bereits vor Tagen erklärt hatte. Es war das perfekte Marketingkonzept. Und nur wenn es um Verkaufserlöse ging, würde es überhaupt Sinn ergeben, einen derartig großen Aufwand zu tätigen. Aber so etwas würde doch niemand versuchen oder etwa doch? Manche Leute taten ja bekanntlich wirklich buchstäblich alles, nur um irgendwie eine Steigerung ihrer Umsätze zu erreichen. Der Eisbär vor ihrem inneren Auge gewann zunehmend an Konturen. Doch irgendetwas fehlte noch, aber was? Natürlich, was noch fehlte, war ein Versuchskaninchen, ein Proband, ein Testlauf um zu sehen ob und wie es funktionierte. Sie.

Schlagartig wachte sie auf. Nun verstand sie. Zumindest einen Teil. Also gut, nehmen wir einmal für einen kurzen Moment an, es wäre tatsächlich wahr, überlegte die Journalistin. Die Anwendungsmöglichkeiten wären grenzenlos. Dennoch: Sie brauchte noch weitere Beweise.

Nach dieser Erkenntnis brauchte sie aber vor allem erst einmal etwas zu trinken. Wenig später hatte sie es sich in einem nahegelegenen Kaffeehaus gemütlich gemacht. Sophia war so in ihren Gedanken versunken, dass sie kaum etwas um sich herum wahrnahm. Sie bemerkte lediglich, dass sehr viele Leute das Kaffeehaus besuchten. Doch sie hatte Glück. Zwei Tische waren noch frei, ein großer Tisch für sechs Personen und ein kleinerer Tisch mit zwei Stühlen. Sophia beschloss Rücksicht zu nehmen und entschied sich für den kleineren Tisch.

Dann bestellte die Journalistin sich erst einmal eine heiße Schokolade mit Rum und dazu ein Stück Marmorgugelhupf.

Dann begann Sophia über ihr vorangegangenes Ergebnis nachzudenken. Nun, wenn ihre Theorie über das Projekt und ihre eigene Rolle als unfreiwilliges Versuchskaninchen tatsächlich stimmen sollte, dann war das Experiment eindeutig erfolgreich ausgegangen, soviel war ihr beim Gedanken an ihre Einkaufsorgie gestern klar. Aber warum ausgerechnet Sie? Und wie in aller Welt hatten sie das angestellt, sie auf ganz bestimmte Produkte zu polen? Und wie wurde das Ganze dann überwacht? Und wer steckte eigentlich genau dahinter? Und warum erlebte sie diese ganzen seltsamen Phänomene? Und irgendwie konnte das doch alles gar nicht real sein?

Ihr Kopf schwirrte vor lauter Fragen. Sie holte einen Zettel aus ihrer Handtasche, bat die Kellnerin um einen Kugelschreiber und machte sich ans Werk. Zunächst einmal schrieb sie die Namen der involvierten Personen in eine Ecke und versah die Namen mit allem, was ihr so spontan dazu in den Sinn kam. Dann ergänzte sie die einzelnen Namen mit jenen Informationen, die sie von diesen Personen erhalten hatte. Alle sonst bekannten Fakten schrieb Sophia an die Seitenränder. Dann ergänzte sie die einzelnen Punkte mit allen weiteren Informationen, die sie im Laufe der letzten Woche woher auch immer zusammengesammelt hatte. Sophia war derart vertieft in ihre Arbeit, dass ihr prompt der Kugelschreiber aus der Hand fiel, als plötzlich ein lautes Kreischen den Raum erfüllte. Aufgeschreckt drehte sie sich um.

Ein Kind ein paar Tische weiter schrie vor Freude über einen herzigen, kleinen Plüscheisbären mit einer niedlichen, schräg sitzenden roten Zipfelmütze samt dicken, weißen fransigen Bommel. Sie schmunzelte. Und wieder ein Eisbär, dachte sie bei sich und beobachtete das kleine Kind belustigt. Als sie den Eisbären genauer sah konnte die Journalistin es kaum fassen. War das nicht genau der gleiche kleine Plüscheisbär wie jener aus der Werbeagentur? Oder bildete sie sich das nur ein. Vermutlich, den als Sophia genauer darüber nachdachte, erinnerte sie sich, dass es in dem Souvenirshop des Tiergartens genau solche Plüscheisbären mit schief sitzender roter Zipfelmütze samt weißem Bommel zu kaufen gab. Ist aber auch faszinierend, wie viele Eisbären man eigentlich so sieht sobald man genauer darauf achtet, dachte Sophia beeindruckt. Dann widmete sie sich wieder ihren Unterlagen.

Auf einmal stutzte sie. Nun hatte sie verstanden. Und endlich wusste sie genau, was nun zu tun war, wonach sie eigentlich suchte. Irgendwie fügte sich alles zusammen, alle Puzzlestücke ergaben auf einmal einen Sinn.

Mein Gefühl vom Anfang hat mich also doch nicht getäuscht. Es ist tatsächlich die Story meines Lebens, stellte Sophia fest. Auf einmal wusste sie genau, wohin die Spur sie führte, wohin sie nun gehen sollte. Hektisch kramte sie ihre Papiere zusammen und eilte davon.

Kapitel 11

»Wo wollen Sie hin?«, herrschte der Kellner entrüstet. »Sie haben noch nicht bezahlt, was fällt Ihnen ein. Bleiben Sie stehen.«

»Oh ja, sorry Mann! Tut mir leid. Gehen Sie weg. Weg da, ich hab's eilig.« Genervt stellte sie ihre Handtasche auf einen der Tische, die natürlich prompt zur Seite kippte. Hastig suchte sie einen zwanzig Euro Schein hervor, knüllte dem verdutzten Kellner den Geldschein in die Hand, schnappte wieder ihre Tasche und lief wieder Richtung Ausgang. »Aber das ist viel zu viel, es macht nur 13,80 aus!«, rief der Ober ihr hinterher. »Ist egal, behalten Sie den Rest. Passt schon«, entgegnete sie. Sie hörte gerade noch so sein »Danke«, da war sie auch schon zur Tür heraus.

Hastig eilte sie die Straße entlang, immer schneller ging sie bis sie schließlich lief. Als sie endlich an ihrem Ziel ankam war sie völlig außer Atem. Sophia hielt kurz inne, um wieder Luft zu holen. Dann richtete sie ihre Kleidung, die durch das Laufen verrutscht war, kontrollierte noch kurz ihre hochgesteckten Haare in einem Schaufenster und betrat das Lokal.

Im Inneren des Kaffeehauses schien es, als wäre die Zeit irgendwo ein paar hundert Jahre früher stehengeblieben. Alles war in einem eleganten, dunklen Holz gehalten. Die viereckigen Tische thronten stolz auf drei ineinander verschlungenen, schmiedeeisernen Ästen, die zum Ende hin in breiten Tatzen endeten und vor Ornamenten beinahe überquollen. Als Tischplatte diente jeweils eine massive Granitplatte, auf denen schwarze und weiße Flecken ein munteres Durcheinander bildeten.

Irgendwie kam ihr alles hier seltsam vertraut vor, als wäre sie schon einmal hier gewesen. Wie seltsam, dachte Sophia bei sich.

Im nussbraunen Parkett des Bodens spiegelten sich die Reflexionen der schweren, reich behangenen Leuchter, die leise vor sich hin schaukelten. Eine gut bestückte, offen stehende Bar aus dem vorigen Jahrhundert vollendete das Bild einer längst vergangenen Zeit. Doch das bei weitem Interessanteste befand sich seitlich im mittleren Teil des Lokals: Da saß doch tatsächlich ein riesengroßer, silbern glänzender Eisbär aus purem Eis, drehte seinen Oberkörper leicht nach rechts hinten zur Seite und sah sie dabei auffordernd an. Sie hatte das Logo gefunden.

Langsam tastete sie mit ihrer Hand nach dem Tisch hinter ihr und setzte sich vorsichtig auf eine der, mit rotem Leder bezogenen, Bänke. Es war, als wäre es ihr schier unmöglich, den Blick von dem Bären aus Eis abzuwenden. »Guten Tag die Dame, was darf ich Ihnen bringen?«, fragte eine rau klingende Stimme mit unverkennbar russischem Akzent. Sie erstarrte. Das war doch nicht möglich. Zögerlich hob sie den Kopf und sah hoch. Und da stand er tatsächlich. Gerd, der Gehilfe aus dem Gärtnereibedarfsbetrieb. Nur dass er sich sichtlich verändert hatte. Sein vorher wirres Haar war nun gezähmt nach hinten gekämmt. Die zahlreichen bunten Tätowierungen am Hals verbargen sich unter dem hohen Kragen des zu seinem schwarzen Frack passenden, weißen Hemds. Nur seine Zähne mit dem auffallend schiefen Zahn links oben waren noch dieselben. Ja, es war eindeutig. Es war derselbe Mann. Nur wie kam er ausgerechnet hierher, an diesen für ihn so ungewöhnlich wirkenden Ort?

»Gerd?«, fragte sie mit leicht zitternder Stimme.

Der Kellner sah sie genervt an. »Wie meinen?«, entgegnete er mit einem etwas grantigem Unterton.

»Aber ... aber Sie sind es doch«, sagte die Journalistin nun etwas lauter und bestimmter.

»Unsinn, Sie müssen sich täuschen. Wobei ... Ah jetzt weiß ich, vermutlich wechseln Sie mich mit irgendjemandem. Wissen Sie, ich habe ein typisches Allerweltgesicht. Sagen mir alle. Aber machen Sie sich nichts draus, so etwas passiert mir ständig«, versuchte er die Frau zu beschwichtigen.

»Aber ich bin mir sicher.«

Er beugte sich betont langsam zu ihr hinunter, stützte dabei seine Hand auf dem Tisch ab und fixierte Sie mit einem warnenden Blick: »Sind Sie das, wirklich, ist das so?« Tapfer hielt die Journalistin seinem Blick stand. »Naja, was ist denn heutzutage schon sicher«, sagte er dann schnell und richtete sich wieder auf, sichtlich um ein möglichst strahlendes Lächeln bemüht. »Wie auch immer, sei es wie es sei. Also – Was kann ich Ihnen bringen? Was möchten Sie haben?«

»Nein, ich will jetzt aber trotzdem vorher wissen ...« In dem Moment fiel ihr Blick auf die alte Uhr, die am Ende des Raums hing. Die Zeiger standen auf zwei Minuten vor zwölf. Wieder war es, als würde die Welt um sie herum stillstehen. Auf einmal war alles so klar. Nachdenklich rutschte sie tiefer in die Bank und blickte verloren auf die Tischplatte. Dann drehte sie sich wieder zu dem sie sichtlich gespannt beobachtenden Kellner, der wie Gerd aussah und sagte: »Wissen Sie was: Bringen Sie mir bitte einen großen Eierlikör und dazu extra viel Schlagobers, aber mit einem kleinen Hauch Zimt.« Der Kellner lächelte zufrieden und nickte. Dann ging er davon.

Sophia war es, als wäre sie gerade wieder zu sich gekommen. Verwundert schüttelte sie den Kopf. Was war das gerade? Sie wollte doch noch gar nicht bestellen. Und vor allen Dingen keinen Eierlikör. Und erst recht nicht mit Schlagobers. Oder etwa doch? Sie kniff mehrmals die Augen zusammen und öffnete sie wieder. Endlich, es schien als hätte sie sich wieder gefangen. Was in aller Welt war nur los um sie herum. Oder war es etwas, dass los war mit ihr selbst? Ungeduldig wischte Sophia den Gedanken beiseite. Zumindest hatte sie jetzt etwas Zeit gewonnen, um weitere Eindrücke zu sammeln. Vorsichtig sah sie sich um. Das Lokal war beinahe leer und auch Gerd schien vom Erdboden verschwunden zu sein. Nur ein elegant gekleideter Mann saß einsam ein paar Tische hinter ihr und blätterte in einer großformatigen Tageszeitung. Lustig, er hat ja noch immer seinen Hut auf, überlegte sie verwundert. Aber Moment, beobachtete er sie etwa? Wer weiß, dachte sie, und drehte sich möglichst unauffällig zur anderen Seite. In diesem Moment flog eine nussbaumfarbene Schwingtür auf und prallte mit einem dumpfen Knall gegen einen vorsorglich angebrachten Türstopper. Eine Küchenhilfe eilte an ihr vorbei. Sophia zuckte unwillkürlich zusammen. Sofort suchte sie nach der Quelle für die unerwartete Störung. Gerade als die Türe ein letztes Mal halbherzig hin und her schwang, konnte sie noch einen schnellen Blick in den anderen Raum erhaschen. Und da war es erneut, direkt hinter der Schwingtür an der Wand: Das ihr nur allzu gut bekannte Eisbärenlogo. Die erfahrene

Journalistin witterte ihre Chance für die Recherche ihres Lebens. Just in diesem Moment kam allerdings Gerd wieder zurück und stellte Sophia wie von ihr bestellt ein großes Glas mit Eierlikör hin. Dazu servierte er eine quadratische weiße Schale mit einer wirklich enormen Menge Schlagobers, welche von einem Hauch Zimt gekrönt wurde. Zusätzlich hatte er eine durchsichtige Mühle mit Zimt und Zucker danebengestellt. Er deutete auf die Mühle. »Falls Sie mehr davon wollen.«

»Danke, das ist nett.« Sie nippte an ihrem Getränk. Wie wurde sie ihn jetzt nur wieder los. Auf einmal fiel ihr Blick auf die Bar, auf welcher eine gläserne Tortenglocke mit den letzten Stücken eines trocken aussehenden Rosinengugelhupfs thronte. Daneben stand verloren eine fast leere Staubzuckermühle. Ihre Augen flackerten zufrieden auf. »Ach wissen Sie was, was soll's. Wenn schon, denn schon, nicht wahr?«, lachte sie hektisch. »Wie sieht es aus, würden Sie mir bitte noch ein großes Stück von dem Gugelhupf da drüben bringen, ja? Aber bitte mit ordentlich viel Staubzucker. Sie wissen schon, so richtig schneebedeckt. Passend zu unserem kalten Freund da drüben.« Sie deutete lachend auf den Eisbären. Gerd sah sie verwundert an. Dann nickte er stumm und ging erneut davon.» Und bitte nicht vergessen: So richtig viel Staubzucker, ok? Danke! Ach ja, und bitte noch ein Glas Leitungswasser«, rief sie ihm hinterher.

Nun aber schnell, viel Zeit werde ich nicht haben, dachte sie bei sich und schnappte ihre Tasche. Dann huschte sie rasch durch die Tür.

Hinter der Tür befand sich ein kleines Zimmer, an dessen Wand das bekannte Eisbärenlogo prangte. Ansonsten war der Raum recht unauffällig. Mehrere Kisten mit leeren Getränkeflaschen standen lose herum, aber das war es auch schon wieder. Eine hässlich gefliese Treppe führte nach unten in einen dunklen, kaum erkennbaren Raum. Aus dem Gastraum ertönten Schritte. Die Journalistin sah hektisch hinter sich, fasste sich ein Herz und holte aus ihrer Tasche ihren Schlüsselbund. Einer der Schlüsselanhänger war eine kleine Taschenlampe. Ihre vor Aufregung leicht zitternden Hände betätigten den Knopf. Dann hantelte sie sich vorsichtig die Treppe hinunter.

Kapitel 12

Der Raum unten war noch dunkler als ursprünglich erwartet. Nur ein kleines, rechteckiges Kellerfenster erlaubte, dass sich zumindest ein wenig Licht seinen Weg durch die Finsternis drängte. Vorsichtig glitt sie mit dem Lichtstrahl ihrer Taschenlampe die Wände entlang in der Hoffnung, wenigstens irgendetwas Hilfreiches zu entdecken. Zwischen Unmengen von Lurch lehnten etwas verloren einige Weinregale an alten, unverputzten Mauern. Plötzlich hörte sie Stimmen. Sophia erstarrte. Schnell kauerte sie sich hinter eines der Regale. Die Schritte kamen näher. Sie hatten etwas Bestimmtes, Entschlossenes. Wer auch immer es war, sie oder er wusste, was er wollte. Oder suchte. Sophia duckte sich noch mehr und versuchte, möglichst nicht zu atmen. Oder zumindest nicht zu laut. Die Schritte stoppten. Eine breite Hand legte sich auf ihre Schulter. Ergeben schloss Sophia ihre Augen. Dann hörte sie ein Klicken. Leise schrie sie auf.

»Also ich denke wir machen jetzt erst einmal etwas Licht. Was meinst Du, meine Liebe, findest du nicht auch, dass es an der Zeit ist, etwas Licht in die Sache zu bringen?«, raunte eine leise Stimme, die sie aber dummerweise nicht genau erkannte. Meine Liebe? So hatte doch der Verkäufer aus dem Didgeridoo Laden sie zum Abschied genannt. Vorsichtig öffnete Sophia ihre Augen. Es war Big Boss Frank-Xavier der neben ihr stand, und sie freundlich anlächelte. Dann reichte er ihr die Hand, um ihr aufzuhelfen. Dankbar nahm sie sein Angebot an. Er schien ihren verwunderten Blick bemerkt zu haben. Der Schreck verschwand und Sophia fasste sich wieder. »Wo bin ich hier? Was ist hier eigentlich los? Und vor allen Dingen, was machen ausgerechnet Sie hier?«

»Ich sag's ja, Fragen über Fragen. Fast so wie eine richtige Journalistin«, kommentierte er schmunzelnd zu einer Gestalt rechts hinter seiner Schulter im hinteren Teil des Raums. »Stimmt. Fast wie eine richtige Journalistin«, bestätigte Gerd und trat näher ins Licht. »Und genauso lästig.« ergänzte er sichtlich belustigt.

»Ist ja echt schön, wenn die Herren sich so königlich amüsieren, aber würde mich jetzt vielleicht einmal irgendjemand endlich aufklären und mir verraten, was in aller Welt hier eigentlich gespielt wird? Was zum Donnerwetter ist das hier, eine Art Schmierenkomödie?« Langsam aber sicher war sie sauer, aber so richtig.

»Gemach, gemach meine Liebe. Es gibt für all das hier eine absolut vernünftige Erklärung, genau genommen ist es sogar eine mehr als wundervolle

Sache, die sich dahinter verbirgt. Aber gehen wir doch erst einmal wieder hinauf ins Café, da redet es sich auch netter als hier unten, was meinst Du?« Auffordernd legte er seinen Arm auf ihren Rücken. Sophia sah in misstrauisch an. Aber andererseits war nun wirklich alles besser als dieser düstere Keller. Also folgte sie seiner Einladung und schritt voran. Die beiden Männer folgten ihr.

Oben angekommen wartete noch immer der überdimensionale, alles überblickende Eisbär und ihr Eierlikör samt staubzuckerbedeckten Gugelhupf und einem kleinen Glas Leitungswasser. Sie setzte sich. Ihr Chef nahm ihr gegenüber Platz, scherzte noch ein wenig mit Gerd und orderte eine Melange.

Dann sah er sie erwartungsvoll an. Sophia straffte ihre Schultern, hob ihr Kinn an und fixierte ihn grantig. Dann breitete sie auffordernd ihre Hände aus. »Bitte. Kann losgehen«, ergänzte sie. »Ich warte.« Sie fühlte sich von Frank-Xavier übel hintergangen. Ihr genervter Blick schien ihm nicht entgangen zu sein. Er beugte sich nach vor und legte ebenfalls seine beiden Hände auf den Tisch. Dann sah er sie väterlich an.

»Willkommen zuhause. Schön, dass du nun tatsächlich da bist.«

»Seit wann duzen wir uns?«

»Schon immer. Aber du erinnerst dich nicht, nicht wahr? Auch nicht an dieses Kaffeehaus und an jenen Abend? Naja, wie solltest du auch.« Nachdenklich betrachtete er in ihren forschenden Blick. »Was soll man sagen, wir beherrschen eben unser Handwerk. Da kann man sagen was man will. Ach ja, mein richtiger Name ist übrigens Gregor nicht Frank-Xavier. Freut mich.« Höflich streckte er ihr seine Hand entgegen. Sophia ignorierte seine Geste und verschränkte stattdessen demonstrativ ihre Arme. Dann funkelte sie ihn mit einem eiskalten Blick an. Gregor zog seine Hand mit einem betretenen Gesichtsausdruck wieder zurück. Gregor. Klingt beinahe wie das Gegenteil von George, stellte sie in Gedanken fest.

Prüfend musterte sie ihn. Seine Stirn war in tiefe Falten gelegt. Sein dunkelbrauner Blazer aus einem billig wirkenden Polyester-Baumwollgemisch, den er zu seinen üblichen blauen Jeans trug, fügte sich nahezu nahtlos in das dunkle Holz ein, dass die alten, mit roten, etwas zerschlissenen Lederbezug bezogenen und angelaufenen goldenen Knöpfen eingefassten, Bänke kleidete. Sie schwieg und wartete.

»Also gut, ich denke es ist Zeit. Zeit für eine Erklärung«, durchbrach er mit auffallend leiser Stimme die bedrückende Stille. »Dein Name ist nicht Sophia, sondern Elisabeth. Du bist in Wahrheit auch keine Journalistin, du bist Marketingexpertin und zwar sogar eine richtig Gute.« Schleimer, dachte sie grantig, ohne ihn auch nur eine einzige Sekunde aus den Augen zu lassen. Gerd brachte die Melange und stellte ihr unaufgefordert ein Glas Rotwein und ein Mineralwasser hin, ohne auch nur im Geringsten auf ihre abwehrende Gestik zu reagieren. »Ich glaube, ich lasse euch besser allein«, grinste er.

Gregor kippte ein Säckchen Zucker in seinen Kaffee und rührte gemächlich um. Schließlich setzte er fort: »Genau genommen hast du dich darauf spezialisiert, neue Projekte auf den Weg zu bringen, sie der Öffentlichkeit schmackhaft zu machen, du verstehst? So haben wir uns übrigens auch kennengelernt. Ist aber schon einige Jahre her. Ich bin nämlich Physiker. Apropos – Wie bereits gesagt: MEIN richtiger Name ist Gregor, freut mich.« Auffordernd streckte er ihr erneut seine klobige, rechte Hand entgegen und sah sie erwartungsvoll an. Sie reagierte neuerlich bewusst nicht und sah ihn weiterhin einfach nur ernst an. Sie hatte endgültig genug von diesen Spielchen. Nun wollte sie endlich Antworten. Gregor zog seine Hand wie bereits vorher wieder zurück und begann nun, etwas verlegen mit der kleinen, leeren Zuckerpackung seiner Melange herumzuspielen. Elisabeth beobachtete ihn weiterhin jede einzelne Sekunde.

Schließlich durchbrach sie die neuerliche Stille, bewusst weiter das Du verweigernd: »Und? Haben Sie so auch mit mir gespielt wie mit dieser Zuckertüte? Oder gehört so etwas einfach nur zu Ihrem Führungskonzept als Chef? Sofern Sie überhaupt mein Chef sind? Sind Sie mein Chef?«

Er wirkte erschrocken über den eiskalten Tonfall von Elisabeths Stimme. Dann fasste er sich wieder und lehnte sich neuerlich zurück. Angespannt presste er die Spitzen seiner beiden Zeigefinger zusammen während er gleichzeitig die Hände verschränkte, sodass diese ein deutlich erkennbares Dreieck bildeten.

»Nein, ich bin nicht dein Chef. Genaugenommen bin ich derzeit noch nicht einmal dein Auftraggeber. Aber vielleicht ändert sich das ja noch. Würde mich freuen.«

»Auftraggeber ? Inwiefern ?«

Er atmete hörbar durch. »Du arbeitest freiberuflich, nur nach Auftrag.« Dann fasste er in die Tasche seines Blazers. Elisabeth wich unwillkürlich zurück. Hatte er etwa eine Waffe? Beruhigt registrierte sie, dass es sich nur um ein Smartphone handelte. Fragend sah sie ihr Gegenüber an. Er drehte das Display zu ihr, rief eine Datei auf und drückte dann auf Play.

Erstaunt sah sie auf dem Video Gregor und überraschenderweise neben ihm sich selbst. Anscheinend war es das gleiche Kaffeehaus, sogar genau der gleiche Tisch. »Hallo«, winkte ihr die Frau in der typischen mausgrauen Businesseinheitsuniform aufgeregt entgegen. »Das ist ja mal echt witzig, für sich selbst eine Nachricht aufzunehmen«, gluckste sie aufgeregt zu Video-Gregor. Offensichtlich hatte sie bereits ein wenig getrunken, sie wirkte etwas beschwipst. Gelinde gesagt. Sie wandte sich wieder ihr zu. »Hey meine Süße, also ich bin die Elisabeth und du auch und das da, das da drüben, das ist Gregor, mein lieber, guter, alter Freund Gregor.« Vergnügt prostete sie Video-Gregor mit einem Glas Rotwein zu womit sich der anfängliche Verdacht, dass sie betrunken war, noch zusätzlich erhärtete. »Also es ist so. Gregor«, sie prostete ihm neuerlich zu und nahm einen Schluck. »Also Gregor, unser Gregor, hat da so ein neues Programm am Laufen, ein Produkt, etwas, dass die Welt der Werbung verbessern, ach was sag ich, reva… rev… also revolutionieren wird. Hui, was für ein schwieriges Wort aber auch. Naja, jedenfalls will er uns, also dich … und natürlich mich als seine Werbefee. Hey, das klingt ja fast wie Wetterfee, voll witzig.« Video-Elisabeth sah sich schnell um und flüsterte dann: »Ist auch echt viel Kohle drin. Also so richtig Kohle. Die Leute, die dahinterstecken, die sind, keine Ahnung, reicher als … Wie heißt er noch? Du weißt schon dieser reiche Enterich, der immer so gerne im Geld schwimmt. Auch egal, du weißt sicher wen ich meine, mir will nur der Name gerade nicht und nicht einfallen. Aber wie gesagt, da ist echt Geld drin. Genug, dass wir uns endlich ein Haus auf Zypern kaufen können. Oder auch in … keine Ahnung Shanghai. Oder eine Villa. Oder …« Ihr Augen begannen zu leuchten und ihre Pupillen weiteten sich staunend »Ein richtig echtes Schloss mit einer dieser gigantisch großen Parkanlagen. Ich sag's dir Süße, echt viel Geld, Schotter, Moneten, Kies - also so richtig.« Die Frau im Video richtete sich auf und sprach wieder lauter. »Das Problem dabei ist nur, und das ist wirklich ein Riesenproblem, dass ich ihm einfach nicht glaube. Ich meine, dieses ganze Gerede, das ist doch … keine Ahnung, völlig utopisch, ich meine jetzt mal ehrlich, wie soll das gehen. Und das ist auch schon das Problem. Weil: Wenn ich nicht dran glaube, dann kann ich es auch nicht entsprechend verkaufen. So einfach ist das. Alte Vertreterweisheit. Hab´ ich von meinem, also unserem Vater gelernt. Naja, und deswegen kam Gregor«, sie prostete Video-Gregor neuerlich kichernd mit ihrem Weinglas zu, «auf die Idee, dass ich es einfach selbst ausprobiere. Das er mir so beweist, dass es auch tatsächlich funktioniert, seine neue Kreation. Nur geht das natürlich nur, wenn ich mich an nichts mehr erinnern kann und daher hat Gregor«, sie griff erneut zu ihrem zur Hälfte mit Rotwein gefüllten Glas. »Also wo war ich gerade? Genau. Und daher hat Gregor die Idee gehabt mich vorher sowas wie hypnotisieren zu lassen, damit ich mich an nichts mehr erinnere und glaube jemand komplett anderer zu sein, eben ein vollkommen anderes Leben zu führen.«

»Das ist ja lächerlich«, tobte Elisabeth und drückte auf Stopp. »Wollen Sie mich auf den Arm nehmen? Ich würde sowas doch niemals riskieren. Nicht ohne entsprechende Absicherung. Nicht einmal wenn ich gerade betrunken bin. Oder man mich irgendwie abgefüllt hat.« Herausfordernd sah sie ihren Ex-Chef an. »Interessant«, entgegnete dieser. »Auch insofern, als also doch gewisse Grundzüge des Verhaltens erhalten bleiben. Die Psychologen und Neurochemiker waren in diesem Punkt nicht ganz sicher. Nun, gut zu wissen.« Er drückte wieder auf Play. »Komm´ schon«, sagte er beschwichtigend zu der Frau, die ihn noch immer aufgebracht anfunkelte. »Schau´ dir die Aufnahme fertig an. Dann wirst du alles verstehen, versprochen.« Elisabeth sah ihn skeptisch an. »Glaub´ mir«, ergänzte er.

Das Frau in dem Video fuhr aufgeregt fort zu erzählen: »Also momentan tendiere ich ja zu Journalistin, das wäre vermutlich mein Job geworden, wenn das mit der Marketingsache nicht so recht geklappt hätte, aber mal sehen. Auf jeden Fall eine coole Sache, echt irre. Ich bin auch schon total aufgeregt. Aber nichts desto trotz«, sie beugte sich wieder verschwörerisch vor und senkte neuerlich die Stimme, »Ich traue Gregor ja, aber wer weiß wie das so wird mit dem Hypnotisieren oder was das genau ist und deshalb«, ihre Stimme wurde wieder lauter, »Deshalb habe ich meinen Mann, also unseren Mann, ok, das klang jetzt aber wirklich zu seltsam«, die Frau kicherte heftig, »Also ich habe ihn gebeten dass er mit dabei ist. Aber: Er darf nicht eingreifen. Und er erfährt auch nicht wo genau ich mich aufhalte, wo ich arbeite und so weiter. Nicht dass er mir dazwischenfunkt. Du weißt ja - oder nein vielleicht weißt du es auch nicht - wie sehr er sich immer gleich Sorgen um mich macht und mich beschützen oder retten will. Aber genau deshalb ist er auch der ideale Rettungsanker. Mein höchstpersönliches Sicherheitsnetz.« Gregor sah sie triumphierend an und zog die Augenbrauen nach oben, sodass diese sich symmetrisch in die Furchen in seiner Stirn einfügten.

»Wobei, jetzt mal ganz unter uns, es wird sowieso nicht klappen glaube ich.« Hektisch sah sich die Frau am Video wieder um. Dann rückte sie näher zur Kamera und ergänzte nicht ohne einen gewissen Stolz: »Es kann gar nicht klappen, weil … was die nicht wissen: Ich bin gar nicht hypnotisierbar. Glaube ich zumindest. Aber aufregend ist es allemal.« Die Frau versuchte aufzustehen, verlor aber prompt das Gleichgewicht und plumpste wieder zurück in ihre Bank. Sie lachte laut auf. Dann sagte sie fröhlich: »So das war's auch schon, den Rest erklärt dir Gregor und ich«, die Frau am Video schwankte erneut während sie versuchte, sich mit den Händen vom Tisch hochzudrücken, »Ich muss jetzt echt langsam ins Bett. Viel Spaß noch und alles Gute! Ach ja, und vergiss bloß nicht die Katze zu füttern, die wird sonst immer so wahnsinnig unleidlich. Die bleibt nämlich bei mir, schließlich brauche ich doch wen zum Kuscheln.« Die Kamera schwenkte und zeigte nun den Stuck an der Decke. Anscheinend war Video-Elisabeth aber doch noch etwas eingefallen denn nur einen kurzen Augenblick später war sie wieder zurück und ergänzte, wieder in einem verschwörerischen Unterton: »Ey, hör mal, wenn das wirklich klappt. Die wollen mich. Wirklich. Unbedingt. Und glaub´ mir, ich weiß zwar auch nicht wer genau die eigentlich sind aber die haben wirklich richtig Geld. Also sei kein Schaf und verhandle ruhig einen richtig, richtig, richtig guten Tarif für uns beide aus!«, blinzelte sie ihrer Zuseherin mit einem Auge zu. Die Kamera schwankte erneut zum Stuck an der Decke des Lokals. »Warte noch, du hast ganz vergessen die Hypnose wieder aufzulösen«, erinnerte eine Männerstimme im Hintergrund die betrunkene Marketingexpertin. »Och ja, richtig, Mann … Wie peinlich«, lachte ihr anderes Ich. »Also«, sie rückte wieder näher Richtung Kamera, »Du, meine Kleine, machst jetzt genau Folgendes. Siehst du unseren frostigen Freund da drüben?« Sie deutete in die Mitte des Raums. »Das ist Bärchen. Mit ihm hat alles angefangen. Die Hypnose, oder was auch immer das genau ist, wird dadurch gelöscht, dass du deine rechte Hand auf seine rechte Vorderpfote legst. Es muss aber echt jeweils die rechte sein, das ist wichtig. Der Kältereiz durchbricht das dann oder so irgendwie, keine Ahnung. Ich kenne mich da nicht so recht aus, aber ist ja schließlich auch nicht mein Geschäft. Dafür gibt es klügere Leute. Na denn.« Die Aufnahme endete mit einem Rauschen.

Kapitel 13

Elisabeth sah zunächst den Eisbären und dann Gregor, der sie gespannt beobachtete, verdattert an. »Ich soll Händchenhalten. Mit der Eisskulptur. Und dann ist meine Erinnerung wieder da, oder wie?«, fragte sie schließlich.

»Genau.«

Sie nickte langsam, hielt ihren Kopf leicht schräg und öffnete gleichzeitig zu dieser Bewegung leicht ihre Lippen. »Klar. Was sonst. Oh Mann.«

»So skeptisch ?«

»Ehrm ...«, zweifelnd hob sie die Hand, während sie diese leicht zur Seite eindrehte.

»Nun gut, ich versteh´s ja. Aber die Aufnahme.«

»Kann man faken. Geben Sie mir einen Photoshop begabten Teenie und ein paar Hunderter und schon tanzen Sie Lambada im Bikini. Ich meine woher weiß ich, dass das hier nicht irgendeine dieser pseudowitzigen Sendungen ist, in denen die Leute hereingelegt und zu den verrücktesten Dingen angestachelt werden?«

Er schmunzelte. »Also gut. Wie kann ich dich noch überzeugen?«

»Ich schätze gar nicht«, antwortete Elisabeth nach einigem Überlegen. Die beiden sahen sich lange an. Dann stand Elisabeth mit einem Ruck auf, ging entschlossen auf die Eisskulptur zu und baute sich vor ihr auf. Behutsam legte sie ihre rechte Hand auf die rechte Tatze des Eisbären und schloss die Augen. Sie spürte, wie die Kälte des Eises ihre Venen durchzog während das Eis unter der Wärme ihrer Hand langsam zu schmelzen begann. »Eis zu Wärme und Wärme zu Eis. So wird alles eins und ihr werdet verbunden und doch gleichzeitig befreit«, hallte Gregors Stimme wie aus endlos weiter Entfernung. Auf einmal erfasste sie ein tiefes Gefühl von Klarheit. Sie öffnete die Augen und buchstäblich augenblicklich wurde ihr derart schwindlig, dass sie sich gerade noch am Bein des Eisbären festhalten konnte. Beherzt eilte Gregor ihr zu Hilfe, umfasste ihren Arm und begleitete sie wieder zu ihrem Tisch.

Es dauerte nicht lange und Elisabeth hatte sich wieder gefangen. Dann sah sie Gregor lange an, dessen besorgter Blick weiterhin auf ihr ruhte. »Es ist also wahr. Und du hattest tatsächlich recht. Es scheint zu funktionieren«, stellte sie nachdenklich fest. »Und ich bin anscheinend doch hypnotisierbar«, ergänzte sie resignierend.

Er beugte sich zu ihr und lächelte sichtlich zufrieden. »Hm, wir sind also nun beide beim Du-Wort angelangt.

Soll das also heißen, du erinnerst dich jetzt? Darf ich fragen woran genau? An das Kaffeehaus, oder an das Projekt oder gar an dein Leben oder vielleicht sogar an mich?« Seine ganze Mimik spiegelte eine unsägliche Freude über den nun endlich eingetretenen Triumph.

»An alles. Naja, das glaube ich zumindest. Manches ist noch etwas verschwommen. Aber ja, ich erinnere mich. Auch an jenen Abend. Und natürlich auch an dich.« Elisabeth fühlte sich noch immer ein wenig planlos.

Gregor lächelte und wirkte dabei irgendwie erleichtert. Dennoch schien er ihre Planlosigkeit bemerkt zu haben.

„Aber irgendwie ist auch vieles ... keine Ahnung, irgendwie weg.“

»Das wird schon, das ist immer so. Du wirst schon sehen, spätestens, wenn du ein paar Stunden geschlafen hast, ist alles wieder da. Kein Grund zur Sorge, ist alles normal.«

»Aber wie genau ist das möglich? Ich meine, das kann doch gar nicht ... .«

»Soll ich weitererzählen?«

»Bitte, fahr fort. Erkläre es mir.« Elisabeth nahm ihr Glas mit dem Rotwein, prostete ihm auffordernd zu und trank erst einmal einen ordentlichen Schluck. Den brauchte sie jetzt.

»Also gut. Nun es ist … .«

»Ich meine, das war doch keine normale Hypnose. So etwas geht doch gar nicht«, unterbrach sie Gregor aufgewühlt.

»Mit unserer Technik schon. Aber du hast schon recht, es ist keine normale Hypnose, wir haben sie, nun sagen wir einfach mal, ein wenig verbessert, einige Schwächen der klassischen Hypnose behoben, wenn du verstehst. Und außerdem: Du hast ja selbst gesehen, dass es sehr wohl geht«, erklärte der Physiker sanft

»Verzeihung, ich hatte dich vorhin unterbrochen. Es ist nur alles so … keine Ahnung. Verwirrend?«

»Schon in Ordnung.«

»Bitte«, forderte sie ihn auf, mit seiner Erklärung fortzufahren.

»Nun, also im Grunde weißt du ja bereits alles Wesentliche. Aber ich denke, ich fange am besten trotzdem ganz von vorne an, einverstanden?«

Elisabeth nickte stumm. Also für mich gibt es noch mehr als genug offene Fragen, dachte sie bei sich. Aber vielleicht würden sie sich ja nun endlich aufklären.

Gespannt sah sie Gregor an und harrte gespannt der Enthüllungen, die da kommen mögen.

»Also. Ich hatte dich eigentlich nur deshalb angerufen, weil ich Deine Arbeit bereits von früheren Projekten her kenne und wirklich überaus schätze. Wir haben uns dann in diesem Kaffeehaus hier getroffen, übrigens sogar hier an diesem Tisch. Ich hatte dir von unserem Produkt erzählt, aber du warst extrem skeptisch, hast bezweifelt, dass es auch tatsächlich funktionieren kann. Also kamen wir zu fortgeschrittener Stunde auf die Idee mit der Hypnose und dem Ausprobieren, aber das weißt du ja schon.« Elisabeth nickte erneut.

»Und was ist das Produkt jetzt genau? Es hatte etwas mit Verkaufen zu tun, richtig?«, ergänzte sie und sah Gregor fragend an.

»Genau. Sehr gut, Deine Erinnerung kehrt ja wirklich langsam wieder. Ja, im Grunde geht es genau darum. Um Verkaufen. Das Ziel des Ganzen besteht grob gesagt darin, in einem x-beliebigen potentiellen Käufer den Wunsch nach einem ganz bestimmten Produkt zu wecken und das lange bevor dieses Produkt überhaupt am Markt ist. Beziehungsweise sollte es damit auch möglich sein, sie oder ihn vom Kauf einer Sache zu überzeugen, die er eigentlich überhaupt nicht mag oder haben will.«

»Oder überhaupt braucht«, ergänzte Elisabeth.

»Ja, das auch, zugegeben. Aber hey, das ist nun einmal Werbung, nicht wahr. Na jedenfalls weiter. In deinem Fall haben wir uns deshalb auch für Eierlikör und eine große Menge Schlagobers entschieden, da das die beiden Dinge waren, die du sagtest, dass du niemals von selbst kaufen oder bestellen würdest. Abgesehen davon, dass sie in dieser besonderen Form ja auch wirklich nicht sonderlich gut zusammenpassen.« Angewidert betrachtete Elisabeth die beiden genannten Dinge und schob sie mit einem Ausdruck puren Abscheus zur Seite.

»Aber im Grunde weißt du ja auch das bereits, zumindest müsste dir Uthenthal das alles bereits ausführlich erläutert haben. Weißt du, er ist wirklich sehr überzeugt von dem ganzen Projekt und daher dachte ich, er wäre genau der richtige Mann um dich gebührend einzustimmen und somit in weiterer Folge für die ganze Unternehmung zu gewinnen. Schließlich wollte ich dich ja um jeden Preis von der Genialität dieser fantastischen Innovation überzeugen. Naja, und außerdem habe ich mir deshalb überlegt, dass es doch eine wirklich nette Idee wäre, wenn du gleich auch einige unserer involvierten Forscher und Betriebe kennenlernst und dir so dein ganz eigenes Bild machen kannst. Ich weiß ja noch von früher, dass du so am allerliebsten arbeitest. Da fällt mir ein, kannst du dich eigentlich überhaupt noch an dein Gespräch mit Dr. Uthenthal erinnern? Da waren wir uns nämlich auch nicht ganz sicher und Uthenthal, der übrigens auch unser federführender Forschungsleiter ist, ist schon ganz wild auf die Ergebnisse unseres kleinen Experiments.« Gespannt erwartete er ihre Antwort.

Elisabeth rückte ein wenig hin und her. »Ja, ich erinnere mich noch daran, auch an die Details. Das ist aber auch ein etwas eigener Typ, findest nicht?«

Gregor öffnete leicht die Lippen und wackelte dabei zögerlich mit seinem runden Kopf. »Ja, ich weiß. Und ja du hast recht, er hat seine Eigenheiten, aber glaube mir bitte, er, er ist wirklich brillant. Er hat eigentlich sogar gleich mehrere Doktortitel. Und eine Professur. Und er mochte Dich. Wirklich. Ich weiß, er kann manchmal etwas fanatisch wirken, aber er brennt einfach sehr für seine Sache. Wenigstens geht er darin auch wirklich auf.«

»Ja, er war eh nett.« Dieses Thema interessierte sie gerade nicht wirklich.

»Sag' ich ja.« Gregor wirkte beruhigt.

»Auf jeden Fall gut zu wissen, dass du dich noch daran erinnerst. Also, wo war ich? Genau. Nun ja, also das war jedenfalls der Grund, warum ich dich zuerst zu Dr. Uthenthal gelotst habe. Er war es übrigens auch, der den Wunsch nach Eierlikör in dir verankert hat, aber warte, ich glaube ich habe da etwas übersprungen. Es war so. Bei dieser, nun sagen wir einfach mal Hypnose dazu, wurde nicht nur dein Gedächtnis blockiert, sondern auch eine Art Bezug zu unserem Maskottchen dem Eisbären impliziert. Du wurdest, übrigens von Dr. Uthenthal höchstpersönlich, angewiesen, nach ganz bestimmten Informationen zu suchen, die aber jeweils mit dem Bild des Eisbären verknüpft waren. Die Informationen, nach denen du suchen solltest, waren konkret die folgenden: Der Eierlikör, das Schlagobers, das Wann, also sowohl das konkrete Datum als auch die Uhrzeit und natürlich noch das Wo, sprich dieses Kaffeehaus mit exakt diesem Tisch. Ich war ja zugegebenermaßen zunächst etwas skeptisch ob das nicht zu viele Aspekte waren, aber Uthenthal meinte, das wäre notwendig, um auch wirklich sicherzustellen, dass du nicht nur einfach nur zufällig die eine oder andere Auswahl triffst. Es war aber auch entscheidend, mit welcher Formulierung du bestellst. Was soll ich sagen, du hast bestanden.« Zufrieden klopfte er ihr auf die Schulter. Ihre Begeisterung hielt sich sichtlich in Grenzen.

Dann erzählte er weiter. »Im Grunde funktionierte es folgendermaßen: Du wurdest angewiesen dem Eisbären zu folgen. Sobald du ihn irgendwo in welcher Form auch immer gesehen hast erhöhte sich Deine

Aufmerksamkeit massiv und dein Unterbewusstsein suchte nach der jeweils noch benötigten Information.«

»Aber das ist doch unmöglich, dass das funktioniert. Ich habe in den letzten Tagen derartig viele Eisbären gesehen, was hättet ihr gemacht, wenn ich zufällig an der falschen Stelle ein Datum gehört hätte, nur so als Beispiel. Das hätte sich doch dann genauso in mein Unterbewusstsein eingebrannt, oder?«

Auf diesen Einwand hatte er anscheinend gewartet. »Stimmt. Aber das konnte gar nicht passieren, es gab nämlich eine klar definierte Reihenfolge, die du abarbeiten solltest, erst das Getränk, dann die Beilage, dann das Datum und dann der Ort. Außerdem wurdest du ja sowieso fast die ganze Zeit überwacht. Er deutete mit dem Kopf auf ihr Smartphone. Schlagartig verstand sie, warum sie ständig alles Mögliche von sich in diversen Social Media Plattformen posten sollte. »Und mit dem inszenierten Wettbewerb habt ihr mich dazu gebracht, ständig meinen Status zu aktualisieren und zu berichtigen. Richtig ?«

Gregor nickte. »Ja. Ich wusste ja bereits von früher, dass du sehr karriereorientiert bist. Und ich wusste, dass du in der Regel buchstäblich alles daransetzt, um auch tatsächlich zu gewinnen. Also sorgte ich für ein wenig angebliche Konkurrenz. Hör mal, es tut mir leid, dich derart hinters Licht geführt zu haben, aber es geschah wirklich nur zu Deinem Schutz. Schließlich ist es ja trotz allem noch eine sehr besondere, neue Technologie. Oder eine sehr alte. Je nachdem wie man es sehen will.«

´«Was soll das heißen, sehr alt? Was meinst du damit?«

Er ignorierte ihre Frage. Stattdessen fuhr er fort zu erzählen: »Nun ja, als nächstes schickte ich dich ja wie du weißt zu George, diesem Verräter. Ich glaube du nanntest ihn Karl?«

»Woher weißt du das?«

»Dein Diktafon. Es hat alles, was du damit aufgenommen hast, automatisch an uns weitergeschickt. Außerdem hatten wir eigentlich ein kleines Mikrofon im Geschirr von George deponiert, aber dieser Idiot musste ja unbedingt die Teller einweichen. Damit hatten wir nicht gerechnet sonst hätten wir zu etwas Stabileren gegriffen aber lassen wir das. Der Punkt ist, ich wollte, dass du gleich von Anfang an auch mit den Kritikern unseres Projekts zusammentriffst, dass du von Anfang an am eigenen Leib erfährst, wie eigen und seltsam sie teilweise argumentieren. Ich muss zugeben, in diesem Punkt war ich mir dann aber doch nicht so ganz sicher, also wie du auf George reagieren würdest. Vor allem, dass du nachher so gar nichts gepostet hast machte mir doch

Sorgen. Umso erleichterter war ich, als du mir am nächsten Morgen erzählt hast, dass du ihn ebenfalls für einen Spinner hältst. Ehrlich. mir fiel regelrecht ein Stein vom Herzen.« Sichtlich erleichtert nahm er einen Schluck von seinem mittlerweile kalt gewordenen Kaffee.

»Aber George hätte da doch nie freiwillig mitgemacht?«, gab Elisabeth zu bedenken.

»Natürlich nicht. Aber das war auch gar nicht nötig. Siehst Du, es ist so. Bevor irgendjemand in das Projekt involviert wird, wird er erst einmal gründlich auf Herz und Nieren geprüft. Jeder noch so kleinste Aspekt seines Lebens, seiner Vergangenheit, verstehst du was ich damit sagen will? Alles wird akribisch durchforstet, natürlich nur, soweit dies möglich ist. Zusätzlich wird ein Persönlichkeitsprofil erstellt. Dabei werden sogar einige Gratisspiele miteinbezogen, weil man dann genau sieht, wie schnell jemand aufgibt oder ob er eher aggressiv oder defensiv agiert und so weiter. Es ist echt faszinierend, wozu man die Leute mit dem guten alten Punktesammeln so alles motivieren kann. Aber nun wieder zu George: Wir wussten, dass er kostenlosen Dingen nur äußerst schwer widerstehen kann. Also haben wir dafür gesorgt, dass er dieses hübsche Geschirr gewinnt. Es traf sich gut, denn sein altes Kaffeeservice wurde kurz vorher Opfer eines tragischen

Unfalls. Wir wissen seit Langem, dass er gegen uns arbeitet.«

»Gibt es von mir auch bereits so ein Profil.«

Er schwieg. Dann sagte er vorsichtig: »Ja.«

Sie hatte es bereits vermutet, aber nun hatte sie wenigstens Klarheit darüber.

»Und das Schlagobers?«, fragte die ehemalige Journalistin ihren Informanten.

»Das? Das war gerade im Angebot und glaube mir George liebt Angebote.« Gregor nippte nochmals triumphierend an seiner Tasse. Dann ergänzte er: »Und außerdem haben wir das Profil von dieser angeblichen Bloggerin, die er so sehr bewundert, dahingehend verändert, dass sie am liebsten Schlagobers zum Kaffee mag.«

»Verstehe.« Das erklärte schon einmal einiges.

»Und wir wussten so auch gleich, wieviel genau George eigentlich wusste.« Gregor nahm einen Schluck von dem Leitungswasser, welches ihm mit der Melange serviert worden war. »Tut mir leid nochmal wegen der Sache mit dem Diktafon, aber es war wirklich nur zu deiner eigenen Sicherheit.«

»Verstehe«, antwortete Elisabeth erneut und versuchte, sich nicht anmerken zu lassen, wie sehr sie sich über die Annahme ihres Gegenübers, alles über Georges Informationsstand zu wissen, amüsierte.

»Es ist ja auch noch etwas anderes«, ergänzte dieser. »Wir haben schon länger den Verdacht, dass es auch noch andere Kritiker des Systems gibt, aber wir wissen nicht genau wer. Ist dir irgendetwas aufgefallen, bei der Dame in der Gärtnerei oder bei dem Didgeridoo Geschäft? Übrigens, war da dein Gerät kaputt oder warum gibt es keine Aufnahme?«

Kapitel 14

»Ach ich hatte einfach vergessen auf Aufnahme zu drücken, das ist alles. Aber nein, warum? Wie kommst du denn überhaupt zu diesem Verdacht?«, fragte Elisabeth interessiert und stellte sich erst einmal dumm.

»Naja, es tauchen neuerdings immer wieder so seltsame Ideen im Internet auf, von wegen Freiheit und Hinterfragen und so weiter. Im Grunde alles nur so unnützes, wirres Philosophengewäsch das wahrscheinlich sowieso keiner liest, aber dennoch. Wehret den Anfängen, nicht wahr? Das hast du selbst schon früher immer gesagt und ich habe es von dir übernommen. Wir wissen nicht genau wer es ist. Der Mann vom Didgeridoo Laden lebt, wie dir sicher ebenfalls aufgefallen ist, in seiner ganz eigenen Welt und die Frau vom Gärtnereibedarf ist schlichtweg eine hohle Nuss. Somit bleiben nicht mehr viele Leute übrig. Aber wie auch immer. Kurz hatten wir ja Gerd in Verdacht, vor allem als seine Chefin uns von der unfreundlichen Attacke auf dich erzählt hat. Aber dann haben wir mit ihm geredet und allem Anschein nach hatte er einfach nur Sorge, dass er wegrationalisiert wird und dadurch seinen Job verliert. Wie sich herausstellte, hat er zwei Jobs und daher hat er dich an jenem Abend mit mir gesehen. Somit wusste er, dass du keine Journalistin sein konntest, sondern zum Managementstab gehören wirst und geriet in Panik. Auch das tut mir leid, das war so wirklich nicht eingeplant. Ich hatte ihn jedenfalls danach angewiesen, dass er sich bei eurer nächsten Begegnung blödstellt. Du siehst, ich war ganz schön fleißig im Hintergrund.« Zufrieden mit sich selbst strich er über das Revers seines Sakkos. »Allein schon deinen Mann im Zaum zu halten war übrigens auch ein wahres Meisterstück. Ständig wollte er sich einmischen, wollte genau wissen wo du bist, was du gerade machst und so weiter«, ergänzte er. Elisabeth lächelte stolz.

»Darum hatte er also so vehement geleugnet Gerd zu sein«, ging Elisabeth ein Licht auf.

»Aber nun schweife ich ja schon wieder ab«, setzte er mit seinem Bericht fort. »Also, wo war ich vorhin? Ach ja, richtig. Nun also nachdem der Eierlikör und das Schlagobers erfolgreich implementiert waren, waren nun Datum und Uhrzeit an der Reihe. Um das Datum kümmerte sich die Geschäftsführerin der Gärtnereibedarfshandlung. Stell dir vor, ich musste ihr sogar erst noch eine Art Drehbuch schreiben, weil ihr beim besten Willen nichts einfallen wollte, aber das nur am Rande. Naja, und um die genaue Uhrzeit kümmerte sich dann noch schlussendlich der Didgeridoo Mann.«

Elisabeth dachte angestrengt nach. »Und der Ort? Wie wurde das gemacht?«

»Der Ort? Ah, du meinst das Kaffeehaus und der Tisch. Das war eigentlich recht einfach. Ich hatte dir ja als Frank-Xavier dringend geraten, die Firmen im Internet vorher zu recherchieren, erinnerst du dich?«

Die ehemalige Journalistin nickte.

»Nun und auf jedem dieser Bilder war irgendwo, manchmal sogar an mehreren Stellen der Innenraum dieses wunderschönen, klassischen Kaffeehauses abgebildet. Mal war der Name des Kaffeehauses zu sehen, mal nur unser Tisch, aber immer schimmerte der gläserne Eisbär im Hintergrund mit. Du weißt ja, um deine Aufmerksamkeit zu aktivieren.«

»Ja, ich weiß«, gab Elisabeth zu verstehen. Nun verstand sie auch, warum es sie in dem ansonsten beinahe leeren Kaffeehaus ausgerechnet zu diesem, vom Eingang eigentlich ganz schön weit entfernten Tisch gezogen hatte.

»Das war übrigens auch der einzige Punkt, der nicht an eine bestimmte Reihenfolge gebunden war. Somit wurden dieses Kaffeehaus und dieser konkrete Tisch laufend aufs Neue übermittelt und je mehr du recherchiert hast desto mehr setzten sich die Informationen in Deinem Unterbewusstsein fest. Alles klar? Wobei ich trotz aller Planung nicht auf die entstandenen Komplikationen vorbereitet war.«

»Welche Komplikationen?«, fragte sie ein klein wenig ängstlich. Schließlich hatten die ja immerhin in ihrem Kopf herumgespuckt. Irgendwie mochte sie dieses Wort nicht. Allein wie es schon klang: Komplikationen, so hart, so ... wirr. Aber gut.

»Nun ja, so genau weiß ich das ehrlich gesagt auch nicht. Eigentlich hatte ich gehofft, dass du mir da vielleicht weiterhelfen kannst.«

»Na super«, kommentierte Elisabeth mit einem sarkastischen Unterton sein Geständnis.

»Naja, im Grunde lief alles nach Plan, bis zu dem Zeitpunkt, als du früher von der Redaktion weg bist. Uthenthal meint ja, dass vielleicht George dahintersteckt, aber das wissen wir eben nicht genau. Naja, und dann diese seltsame Szene am nächsten Morgen, du weißt schon im Büro. Marlene, die übrigens wirklich so heißt und meine Sekretärin ist, meinte, du seist total weggetreten gewesen und hättest währenddessen nur immer wieder »Zeit ist relativ, Zeit ist relativ.« vor dich hingestammelt.

Keiner von uns konnte zunächst etwas damit anfangen, bis dann aber Dr. Uthenthal, eigentlich DDr. Uthenthal gemeint hat, er hätte das bei seinen

Versuchen schon einmal erlebt, dass der Betreffende dann erhöht empfänglich war für alles Mögliche, aber da sei eigentlich eine wesentlich höhere Menge an Suggestivreizen verwendet worden, als du in Summe abbekommen hast. Du musst wissen, das Programm funktioniert, jetzt einmal abgesehen von der klassischen Hypnose, auf mehreren Ebenen, mit optischen Reizen, Gerüchen und so weiter. Dass man mit Licht da einige Erfolge erzielen kann ist ja hinlänglich bekannt, aber anscheinend ist das menschliche Auge, wenn es entsprechend beeinflusst wurde, sogar in der Lage, in Bildern versteckte Botschaften herauszufiltern. Und wusstest du eigentlich, dass Didgeridoos, du weißt schon, diese australischen Blasedinger, als einziges Instrument auf der Welt in der Lage sind, exakt jene Frequenz zu erzeugen, die wir für unsere Zwecke benötigen? Ich sag´s Dir, es ist wirklich ein unwahrscheinlich spannendes Thema das Ganze. Aber entschuldige bitte, ich schweife schon wieder ab. Aber was meintest du damit, Zeit ist relativ. Willst du mir davon erzählen? Oder DDr. Uthenthal?« bittend sah er Elisabeth an.

Sie seufzte. »Du eigentlich, es ist schwer zu beschreiben, es war als … naja, als wäre eben die Zeit auf einmal relativ.« Besser kann ich es auch nicht ausdrücken. »Und Dr. Uthenthal, die ganzen anderen

Forscher, keiner hat etwas darüber gewusst?«, ergänzte sie ungläubig.

»Nein, keiner. Das war relativ neu und scheint nur gelegentlich vorzukommen. Aber es wurde auch noch nicht sehr oft getestet. Nun jedenfalls hatte ich daraufhin den Didgeridoo Mann angewiesen, dass er dir ein ganz bestimmtes Buch zukommen lässt. Hat er es dir gegeben?«

»Ja hat er, danke. Ich bin nur noch nicht wirklich zum Lesen gekommen.«

»Verständlich, war ja auch erst heute. Aber ich rate dir wirklich, lies es. Uthenthal meinte, es würde dir mit ziemlicher Sicherheit helfen. Das heißt, sofern überhaupt noch einmal irgendwelche Probleme auftreten, jetzt wo unser kleines Experiment beendet ist. Weißt du«, lehnte er sich sichtlich entspannt zurück »Ich war ja ehrlich gesagt ziemlich skeptisch, dass sich dass alles in gerade einmal dreieinhalb Tagen und drei Nächten ausgeht und du wieder hier hereinkommst aber tatsächlich: Uthenthal hatte wieder einmal recht. Ich sage dir, der Mann ist ein wahres Genie. Aber nun zu dir: Was meintest du eigentlich mit dem Geheimprojekt? Und du sagtest, du hättest schlecht geschlafen?«

Elisabeth war komplett in ihre Gedanken versunken. Das also war der Grund für ihre Aussetzer gewesen.

Vermutlich hatte das Lesen der Botschaft ihr Gehirn überfordert. George hatte ja bereits gesagt, dass in den Pixeln der einzelnen Buchstaben spezielle Informationen hinterlegt worden waren. Vermutlich hatte sie darauf mit einer erhöhten Empfindlichkeit auf Werbereize reagiert, womit auch der Kaufrausch erklärt worden wäre. Nachdenklich sah sie ihren alten Freund an.

»Ja«, sagte sie schließlich. »Ja, stimmt, ich habe schlecht geschlafen, aber vermutlich lag das auch einfach nur an den vielen Reizen. Du weißt ja, ich bin ziemlich empfindlich was solche Sachen betrifft. Mir reicht ja auch bei Schlafmitteln oft schon die halbe Dosis. Ich denke das es daran lag.«

Gregor nickte eifrig. »Verstehe. Stimmt, das wäre eine Erklärung. Und das Projekt, das du erwähnt hast?«

»Ach das, das war nur eine Sackgasse. Das Eisbärenlogo hatte mich irgendwie stutzig gemacht.« Plötzlich fiel Elisabeth etwas ein. Eine Frage, die sie bereits von Anfang an beschäftigte: »Sag' doch mal Gregor, diese ganzen Unternehmen, der Gärtnereibedarf und der Didgeridoo Laden und die Werbeagentur – Hängen die eigentlich alle irgendwie zusammen oder haben die einen gemeinsamen Finanzier, weißt du das zufällig?«

»Nein tut mir echt leid, aber du weißt ja, dieser ganze Geschäftskram ist nun wirklich so gar nicht meine Welt. Ich bin nun einmal ein Mann der Wissenschaft«, ergänzte er nicht ohne einen gewissen Stolz, hob dabei demonstrativ das Kinn und nahm Haltung an. »Aber wenn es dich so interessiert, also wenn du willst, könnte ich mich diesbezüglich mal umhören. Dauert aber sicher etwas. Und ich kann nichts versprechen, die halten sich nämlich ziemlich bedeckt soweit ich das mitgekriegt habe.«

»Ja das wäre nett von dir!«, ergänzte Elisabeth.

»Ich kann aber wirklich nichts versprechen das muss dir klar sein.«

»Ist mir klar. Kein Problem. Versuch´s bitte trotzdem.«

Gregor nickte erneut eifrig. »Werde ich machen.«

Elisabeth überlegte angestrengt. »Nun auf jeden Fall haben Sie bereits die Medien involviert.«

»Was, nein, das glaube ich nicht. Ich meine ich bin einer der Projektleiter also das wüsste ich. Was meinst du überhaupt damit, die Medien seien involviert? Das Ganze befindet sich ja erst in der Testphase. Das ist noch nicht auf dem Massenmarkt umgesetzt. Davon sind wir auch noch ein ganzes Stück weit entfernt.«

Elisabeth sah ihn zutiefst verwundert an. Gregor sah fragend zurück.

Sie atmete tief durch: »Hm, na dann. Ich dachte wirklich das Projekt wäre schon deutlich weiter, aber gut zu wissen. Jetzt auch für meine Arbeit.« Sie beschloss, jetzt lieber nicht laut auszusprechen, dass sie anscheinend mit ihrem Fernseher kommunizierte. Oder besser gesagt der Fernseher mit ihr.

»Das heißt du bist an Bord. Wirklich?« Gregor strahlte sie hoffnungsvoll an. »Komm schon, sag´ doch einfach endlich ja. Ich habe mir so viel Mühe gegeben dich zu überzeugen. Ich will dich dabeihaben, unbedingt.« Sein treuherziger Blick brachte Elisabeth zum Schmunzeln. Dennoch zögerte sie.

»Ich weiß nicht, ich bin mir einfach nicht sicher. Außerdem: Das ist das perfekte Verkaufssystem. Wozu brauchst du dann noch mich? Was wäre meine Aufgabe? Also jetzt so ganz konkret?«

»Was meinst du?«, entgegnete Gregor fragend. Elisabeth seufzte hörbar. Langsam wurde sie ungeduldig.

»Ich meine ihr habt doch sowieso schon die perfekte Verkaufsmasche, also was wollt ihr noch von mir? Dass ich es an die Firmen verticke ja wohl nicht, oder?«

Gregor lehnte sich zurück. Nun verstand er. »Nein, das tun wir tatsächlich nicht, da hast du recht. Das erreichen wir auch ohne Dich«, räumte er ein. Sein Blick ruhte auf ihr. »Deine Aufgabe ist eine gänzlich andere. Wir brauchen jemanden, der die schwierigere Marketingarbeit übernimmt, der die Genehmigungsbehörden überzeugt und natürlich auch die Aufsichtsbehörden, die Öffentlichkeit und der potenzielle Gegner und Verschwörungstheoretiker in Schach hält, sie überhaupt auch in Schach halten kann. Und da ist die Wahl eben auf dich gefallen.«

»Du sagst immer wir, wen meinst du genau damit? Und was bezwecken die?«

»Ist eine lange Geschichte. Und so genau weiß ich das auch nicht. Aber was sagst du? Sagst du ja?« Wieder sah er Elisabeth vertrauensvoll in die Augen.

»Sehr schmeichelhaft danke. Dennoch, ich denke ich muss leider ablehnen. Ich habe einfach meine Bedenken, es tut mir leid. Es ist einfach Manipulation pur, ich meine das hat mit klassischem Verkaufen so gar nichts mehr zu tun. Und es kann zu viel dabei schiefgehen, viel zu viel. Ihr könnt unmöglich alle möglichen Variablen dabei kontrollieren, vor allen Dingen nicht, wenn es einmal wirklich am Massenmarkt ist. Tut mir leid Gregor, ehrlich, gerade weil wir uns schon so lange kennen, aber ich glaube nicht, dass ich mit so etwas zu tun haben will. Und auch Dir, mein guter alter Freund, würde ich dringend raten auszusteigen solange du noch kannst.«

Gregor wirkte sichtlich enttäuscht. »Aber das mit der Kontrolle das wird schon noch, du wirst schon sehen. Das sind halt einfach die Kinderkrankheiten, aber das wird schon. Das ist nun einmal bei jeder Neuerung so. Ehrlich, wenn du wüsstest, wie wir angefangen haben, wie viele Probleme wir seitdem bereits überwunden haben.« Er lachte demonstrativ laut auf und hob gleichzeitig beide Arme. »Und von wegen fragwürdig. Überlege doch nur einmal, was man damit alles Gutes tun kann. Sie sagen zwar, es ist nur ein neues Marketingkonzept, aber es bietet doch auch noch viel mehr Möglichkeiten. Ich meine, du sagst doch immer du willst was verändern, bitte, jetzt hast du die Gelegenheit dazu. Komm schon, denk ´noch einmal über deine Entscheidung nach. Du kannst dir auch Zeit nehmen so viel du willst.«

»Trotzdem, Gregor bitte. Du kannst den Menschen doch nicht einfach vorschreiben, wie sie zu denken und zu handeln haben. Das ist das Ende jeglicher Freiheit«, gab sie zu bedenken.

Elisabeth zögerte. Gregor setzte nach. »Weißt du eigentlich, warum ich dich empfohlen habe, warum ich dich unbedingt dabeihaben wollte, ach was sag´ ich, warum ich dich unbedingt dabeihaben will? Weil du klug bist. Deshalb hatte ich auch den Namen Sophia für dich ausgesucht, Sophia die Weisheit. Und außerdem habe ich dich einfach gerne um mich. Du bist mir ans Herz gewachsen über die Jahre, weißt Du, ich habe ja keine Kinder wie du ja weißt. Und in letzter Zeit muss ich immer wieder daran denken was gewesen wäre, wenn ich weniger gearbeitet hätte, vielleicht eine Frau gefunden hätte. Aber eines weiß ich, hätte ich eine Tochter gehabt, wünschte ich, sie wäre wie du gewesen. Deswegen habe ich auch deinen Chef gespielt. Ich wollte, nein ich musste einfach auf dich aufpassen verstehst du. Ich wollte dich nicht hinters Licht führen.« Liebevoll strahlte er sie an. Seine Hände zitterten. Behutsam nahm Elisabeth seine Hände in die ihren und hielt sie einfach nur fest. Die plötzliche Vertrautheit war ihr unangenehm. Sie senkte den Kopf. Dann sah sie wieder zu dem alten, müde wirkenden Mann hoch und sagte mit ihrer sanftesten Stimme: »Ich weiß und ich hänge auch sehr an dir das weißt du ja. Und ich verzeihe dir auch Deine kleine Charade. Aber wenn ich wirklich so klug bin wie du sagst, wobei ich das wirklich bezweifle aber bitte, dann geh' von dem Projekt weg. Ehrlich ich habe echt kein gutes Gefühl bei der Sache.«

Sichtlich aufgewühlt zog er seine Hände wieder weg. »Ich kann nicht. Es ist zu spät, ich stecke da schon viel zu tief drin«, sagte er mit einem Hauch von Verbitterung. »Und nun lässt du mich allein.«

Elisabeth stutzte ob der eigenartigen Formulierung. Was war das schon wieder? Bat er sie etwa um Hilfe? Hatte er etwa Angst? Fragend sah sie den alten Wissenschaftler an, der Anstalten machte, sein Portemonnaie herauszuziehen.

»Ich lasse dich nicht allein, mach' dir keine Sorgen. Ich passe auf dich auf so wie du auf mich aufgepasst hast«, durchbrach sie schließlich die quälende Stille in dem mittlerweile dunkel gewordenen Gastraum. Dankbar sah Gregor sie an.

Als sich die beiden voneinander verabschiedeten vereinbarten sie, sich bald wiederzusehen. Dann würde Elisabeth ihm ihre endgültige Entscheidung mitteilen. »Du kannst es nicht mehr aufhalten!«, hatte er ihr zum Abschied noch zugeraunt.

Wie auch immer, Elisabeth jedenfalls war einfach nur unglaublich froh, dass es nun endlich vorbei war. Vorbei die Ängste, die Unklarheit, endlich wusste sie wieder wer sie eigentlich war und was sie wollte. Und endlich wusste sie auch wieder, wo sie eigentlich wohnte. Kaum hatte sie das Kaffeehaus verlassen, rief sie als allererstes ihren Mann an. Es war schön zu hören wie sehr er sich über ihren Anruf freute. Seine Stimme klang sehr müde aber auch sehr erleichtert. Wie tapfer er sie doch immer bei ihren Abenteuern unterstützte, dachte sich die Marketingexpertin für die ganz besonderen Fälle. Er hatte sich eine kleine Überraschung verdient.

Elisabeth beschloss spontan, am Rückweg in einem großen Einkaufszentrum ein hübsches Geschenk zu besorgen. Maus holte sie dann wohl besser erst nachher ab, damit die arme Katze nicht zu lange in ihrem Körbchen ausharren musste. Angestrengt überlegte sie, ob sie in der Wohnung, in der sie die letzten Tage verbracht hatte, überhaupt einen Transportkorb gesehen hatte. Aber schließlich musste Maus ja auch irgendwie dorthin gekommen sein. Dann erinnerte sie sich an das oberste Fach des Besenschranks und war beruhigt. Gleichzeitig fiel ihr aber auch ein, wie verdächtig klein der Kratzbaum für die doch recht stattliche Katze gewesen war. Überhaupt war die Wohnung rückblickend gesehen sehr unpersönlich eingerichtet gewesen. Komisch, dass ihr das gar nicht aufgefallen war. Vermutlich, weil es irgendwie in das Bild einer Journalistin, die nur für ihre Arbeit lebte, passte. Egal, endlich ist alles vorbei und jetzt gilt es nur noch zu vergessen, dachte Elisabeth leise bei sich.

Ehe sie sich versah, war sie in dem Einkaufszentrum angelangt. Beschwingt und leise vor sich hin trällernd spazierte sie durch die Gänge und ließ sich von den bunt dekorierten Auslagen inspirieren. Klassisches, ehrliches Verkaufen und Bewerben. Einfach schön, dachte sie erleichtert. Schließlich blieb sie vor einer Auslage stehen. Rechts auf der Seite lag eine traumhaft schöne Herrenarmbanduhr mit einem ockerfarbenen Lederband. Sie hatte alle möglichen Funktionen vorzuweisen und schien über all die kleinen Spielereien zu verfügen, die Männerherzen im Allgemeinen so höherschlagen ließen. Allerdings war sie auch nicht gerade billig. Und ob sie ihm dann auch wirklich gefiel? Andererseits, was war schon Geld. Kurzentschlossen ging Elisabeth in das Geschäft, kaufte die Uhr und ließ sie auch gleich noch angemessen verpacken.

Dann rief sie sich ein Taxi, fuhr zu ihrer bisherigen Bleibe, wo sie ihre verschlafene Katze Maus, die sich vergeblich zu wehren versuchte, schnellstmöglich in den Transportkorb verfrachtete, stieg wieder in das wartende Taxi, und freute sich auf ihr richtiges Zuhause. Irgendwie war sie einfach nur noch müde. Ihr Mann würde außerdem sicher schon auf sie warten.

Entspannt malte sie sich aus, wie er das Geschenk auspacken würde, wie er sie endlich wieder in den Arm nehmen würde, während Maus sanft die Beine ihrer beiden Menschen umschmeichelte. Sie seufzte. Bald, sehr bald. Endlich blieb das Taxi stehen. Sie öffnete die Augen und hoffte, nun ihr Haus zu sehen. Doch weit gefehlt. Anscheinend blockierte ein immens langer Lastwagen, der angestrengt versuchte, sich rückwärts aus einer Baustelleneinfahrt zu fädeln, die bedenklich schmale Straße. Oje, das kann jetzt dauern, dachte Elisabeth seufzend. Ihr Fahrer kurbelte das Fenster hinunter und brüllte ungeduldig mehr oder weniger hilfreiche Anweisungen.

»Und doch ist er viel erfahrener als er aussieht. Es dauert nicht mehr lange. Bald bist du zuhause. Und bald arbeitest du da, wo du in Wahrheit hingehörst!«, tönte das Radio. Dann spielte das Radio wieder Musik.

Elisabeth packte aufgeregt den Taxifahrer am Arm. »Haben Sie das grade gehört?«

»Was?« Der Taxifahrer wirkte unbeeindruckt.

»Na im Radio, die Stimme.«

Der Taxifahrer sah sie verwundert an. Dann nickte er trocken. »Stimmt. Aus dem Radio hört man alle möglichen Stimmen. Das haben sie wirklich gut erkannt, gratuliere«, sagte er und rollte dabei genervt mit den Augen.

Elisabeth schnaubte laut auf. »Natürlich weiß ich was ein Radio ist, ich bin ja schließlich kein Idiot. Nein ich meine das, was vorhin gesagt wurde.«

»Ist denn etwa schon wieder irgendwo ein neuer Krieg ausgebrochen?«, fragte der Taxifahrer nun deutlich interessierter und sah seinen Fahrgast neugierig an.

»Nein, kein neuer Krieg, sondern dass der Fahrer von dem Laster eigentlich ziemlich erfahren ist und dass ich schon bald nach Hause komme.«

»Naja, das könnte ich Ihnen auch sagen, vermutlich wären wir sogar schon da, wenn nicht dieser Stümper da drüben.« Genervt gestikulierte er in Richtung des Lastwagenfahrers, »Wenn dieses Schwammerl nicht die ganze Straße blockieren würde. Aber nein, tut mir leid, sonst habe ich leider nichts gehört.«

Elisabeth schloss verzweifelt die Augen. Damit war ihr schlimmster Verdacht nun endgültig bestätigt. Es war also doch wahr: Sie hatte ihren Verstand verloren.

»Das heißt, warten Sie mal«, merkte ihr Fahrer plötzlich auf, »Jetzt wo Sie es sagen, ich glaube ich habe doch etwas gehört, ich war nur so mit diesem«, er brüllte deutlich hörbar zum Fenster hinaus, »AMATEUR beschäftigt, aber ich glaube die Musik hatte auf einmal unterbrochen. Warten Sie, wie war noch einmal der genaue Wortlaut? Du arbeitest bald dort, wo du in Wahrheit hingehörst oder so in der Richtung? Ich glaube. Jedenfalls, dass was sie meinen gehört zu haben, tut mir leid, das habe ich nicht gehört.« Elisabeth durchfuhr es eiskalt. Dann aber öffnete sie langsam wieder ihre Augen und lächelte.

Das Spiel hatte begonnen.

Zeitfracht Medien GmbH
Ferdinand-Jühlke-Straße 7
99095 Erfurt, Deutschland
produktsicherheit@kolibri360.de